Sandrine COLLETTE • Lorraine FOUCHET •
Karine GIEBEL • Raphaëlle GIORDANO •
Christian JACQ • Marie-Hélène LAFON •
Alexandra LAPIERRE • Marc LEVY •
Marcus MALTE • Agnès MARTIN-LUGAND •
Étienne DE MONTETY • François MOREL •
Romain PUÉRTOLAS • Jacques RAVENNE

13 À TABLE !

2025

NOUVELLES

POCKET

ISBN : 978-2-266-34491-3
Dépôt légal : novembre 2024

Sommaire

Préface

Chères lectrices, chers lecteurs,

11 éditions et toujours « 13 à table ! ».

Les années filent, les convives allongent la tablée et – merveille des merveilles – le plaisir de cette belle aventure demeure intact.

L'engagement de toute la chaîne du livre aussi : de ses plumes les plus affutées à ses plus rigoureux techniciens...

Et si le cœur est alourdi par l'urgence sociale et la jeunesse qui, partout en France, peuplent nos centres, il est plein de cette fidélité confiante que vous nous témoignez au fil des ans.

Celle-ci nous a notamment permis de distribuer 8 millions de repas supplémentaires aux personnes les plus démunies qui soient.

Alors cette fois encore, montez à bord, embarquez dans ce grand rafiot solidaire. « Tous dans le même bateau », tel est le thème de la présente édition.

Merci de vous tenir aussi nombreux sur le pont et que l'amitié nous maintienne ensemble, ad vitam, au-dessus de la ligne de flottaison.

Les Restos du Cœur

Sandrine Collette

Le Bateau d'Alice

Sandrine Collette partage son temps entre l'écriture et ses chevaux dans le Morvan. Elle a reçu de nombreux prix et distinctions comme le Grand Prix de littérature policière, le Prix Landerneau, le Prix RTL-*LiRE*, le Prix de la Closerie des Lilas, le Prix du livre France Bleu-*PAGE des libraires*, le Prix Amerigo-Vespucci ainsi que, plus récemment, le Prix Renaudot des Lycéens et le Prix Jean-Giono. Son dernier roman, *Madelaine avant l'aube*, a paru en août 2024 aux Éditions JC Lattès.

Jusqu'au chat, Bérénice avait tenu bon. Elle avait enduré le reste, les enfants partis depuis d'immenses années, son mari mort parce que les hommes, ça meurt plus vite que les femmes, les petits-enfants qu'elle avait cessé d'intéresser, il y avait trop d'écart d'âge. Elle s'était mise à la solitude comme on se met à la lecture ou au tricot. Elle aimait sa petite maison, son petit rythme, sa petite vie de vieille, disait-elle.

Parce qu'il y avait le chat. C'est fou ce que les bêtes vous donnent la sensation de ne pas être seul.

Bérénice parlait de lui au téléphone, quand sa fille ou son fils l'appelait. Elle avait commencé à parler au chat aussi.

Le chat comprenait.

Le chat ne jugeait pas.

Le chat était chaud et doux.

Le chat était gentil.

Bérénice était tellement grotesque – elle le savait. Elle s'en moquait. Quand on vit seul, on se fout d'être ridicule. Mais le chat était mort à son tour. Il était comme les hommes, il vivait moins vieux que les femmes, et Bérénice avait beau le savoir, ça lui avait fait mal, la mort du chat. De manière disproportionnée : presque aussi mal que le jour où elle avait perdu son mari.

Non, pas presque.

Elle avait détesté ces mémères à chat ou à chien (petit chien) quand elle était plus jeune et pourtant elle en était devenue une. Depuis, elle avait nuancé son jugement. Les mémères à chat ou à chien n'étaient pas toutes des personnes stupides, elles ne parlaient pas forcément avec la voix idiote que l'on prend lorsque l'on parle aux bébés : c'étaient juste des personnes seules. Des personnes qui n'avaient plus un bras à serrer, une main à tenir, des oreilles pour les écouter. Ce qui meublait la maison, c'était le silence. Le silence et le vide. C'est à cela que servait le chat, remplir un peu d'espace. Sa simple présence trahissait l'épouvante de la solitude et les pauvres solutions que l'on trouve à cet âge où plus personne ne vous aime assez pour vous accueillir.

Alors quelques jours après la mort du chat, Bérénice avait appelé sa sœur. Au téléphone, elle avait dit : Alice, ça y est. Je suis prête.

Alice était l'aînée. Elle habitait une autre maison à une centaine de kilomètres. Bérénice avait entendu son sourire au bout du fil. Bien, avait dit Alice. Bien.

Elles l'avaient toujours prévu. Il fallait seulement déterminer le moment où elles se sauraient suffisamment fragiles l'une et l'autre, ce moment où la vie fait peur et qu'il vaut mieux l'affronter à deux, pour ce qu'il en reste. L'important était la certitude. Quand nous serons vieilles, nous emménagerons ensemble. À présent que les deux sœurs étaient veuves et que Bérénice avait perdu le chat, le temps était venu.

C'est ainsi que Bérénice a déménagé chez Alice à quatre-vingt-un ans, il y a huit années. Ce sont les enfants qui ont été contents. Il n'y avait plus besoin de s'inquiéter quand Alice ne répondait pas au téléphone parce qu'elle commençait à être vraiment dure d'oreille. On appelait Bérénice. Bérénice répondait chaque fois. Du coup, on n'appelait plus tous les jours, puisqu'elles n'étaient pas seules. Cela a fait du soulagement. Les parents, on les avait un peu oubliés pendant trente ans, c'était facile, on avait sa vie, ils avaient la leur. On se voyait à Noël, et puis au mois d'août, une semaine, un peu moins, une semaine c'était long et les petits-enfants s'ennuyaient à la campagne, c'était devenu quatre jours, mais ils s'occupaient, les vieux, ils allaient par deux, on ne leur manquait pas, se disait-on avec la bonne conscience. Et voilà que veufs ou veuves, ils réapparaissaient dans les culpabilités. On y pensait, bien obligé. On prenait des nouvelles, sinon qui le ferait ? On passait davantage aussi, toujours en coup de vent, on n'avait pas le temps, il y avait tant à faire ailleurs.

Alors c'est sûr, après quelques années de ce régime-là, qu'Alice et Bérénice se soient installées dans la même maison est une aubaine. Le temps a continué son chemin, on a repris des habitudes plus lointaines. Elles ne pèsent pas, comme ça, les vieilles. Parfois la fille de Bérénice se rend compte qu'elle n'a pas appelé sa mère depuis un mois et compose le numéro en s'excusant. Bérénice la rassure. Elle sait ce qu'est la vie. Les enfants ne sont pas encore à la retraite, eux.

Au fond, Alice et Bérénice ont eu l'impression de revenir soixante-dix ans en arrière, quand elles étaient petites filles et qu'elles vivaient ensemble chez leurs propres parents. C'est une boucle qui se boucle, dit Alice. Le début et la fin.

La fin se passe plutôt bien pour les deux sœurs, qui partagent les amies et les activités. Moins aujourd'hui : elles ont arrêté le ping-pong assez vite, à cause du cœur de Bérénice, elles ont déserté la chorale parce qu'elles chantaient faux, elles ont renoncé aux cours Internet une fois qu'elles ont su se servir de Skype pour joindre les enfants par appel vidéo (ce qui leur permet de venir encore moins). Mais elles continuent à aller au cinéma deux rues derrière, à faire le marché les vendredis et un peu les mercredis, histoire de bavarder, à prendre un thé ou un café chez des amies, là aussi moins qu'avant vu que Berthe, qui habitait de l'autre côté du pont, et Catherine, celle du club de cartes, sont mortes depuis, mais les vieilles, ça se remplace vite, ce n'est pas ça qui manque.

Cependant la question s'est posée après le premier enterrement auquel Alice et Bérénice sont allées ensemble. C'est bien beau de vivre à deux, mais un jour à nouveau on sera seul. Chacune de son côté a ses pronostics, qui d'elle ou de sa sœur partira la première, elles pensent à la chanson de Brel : cela n'importe pas, celui des deux qui reste se retrouve en enfer. Donc deux, ce n'est pas assez. Si elles étaient trois, cela résoudrait le problème. La première à mourir en laissera toujours deux autres pour se tenir compagnie. Mais il faut recruter ailleurs. Alors elles en parlent autour d'elles, à petits mots, elles ne veulent pas n'importe qui, et tous ces gens qui vivent encore en couple se suffisent à eux-mêmes. Ils ne pensent pas à l'après, comme s'ils étaient immortels, ils ne comprennent pas la nécessité.

À un moment, Alice et Bérénice hésitent à rejoindre une résidence senior, c'est à la mode, cela ne ressemble pas aux Ehpad honnis qu'elles ne veulent pas, surtout pas, jamais, intégrer. La question se pose parce que Alice, l'air de rien, commence à perdre la tête. Ça ne se voit pas, elle fait attention, Alice, elle connaît trop d'amis forcés d'aller dans des unités fermées, elle a des consultations d'orthophonie deux fois par semaine et le reste du temps elle fait semblant. Lorsque sa mémoire flanche par intermittence, elle rit sitôt la lucidité retrouvée. Elle dit : mais bien sûr. Elle convoque le bon souvenir, elle articule le bon mot, elle répète le nom qui lui manquait, telle une évidence. Quelques erreurs la trahissent. Au téléphone surtout, lorsque les visages ne sont pas là pour aider. À sa fille aînée, un jour, après cinq minutes de discussion, elle demande : excusez-moi, mais avec qui suis-je en train de parler ? Un peu effrayée, celle-ci lui répond en articulant lentement. L'instant d'égarement est passé et Alice glousse. Je plaisante, dit-elle. Une autre fois, au moment de raccrocher, elle murmure à sa seconde fille, qui vient le week-end suivant : je serai ravie de faire votre connaissance. Mais là aussi elle se rattrape, la divagation est fugace, elle jongle dans un numéro d'acrobate entre le rétablissement in extremis de sa pensée, la dérision qui lui permet de sauver la situation et la colère de sa fille. Il y a des âges auxquels ce genre de blague a du mal à passer. Si on ne peut plus rire, marmonne Alice avec un soupir.

De son côté, Bérénice s'y laisse prendre, ou elle aussi fait semblant. Bérénice a d'autres soucis ; elle, c'est le corps qui défaille. Mauvaise circulation sanguine, rhumatismes et sciatiques chroniques, ses jambes la portent de moins en moins. Tant de choses deviennent compliquées : se lever de son lit, se lever de sa chaise, se baisser n'en parlons pas. Monter l'escalier le soir pour aller se coucher. Bérénice a trébuché une ou deux fois, elle s'est retrouvée par terre. Pas de mal, elle a ce réflexe de se rouler en boule, elle bascule, elle chute, elle fait le dos rond. Ensuite elle attend. Que les forces reviennent. Se relever tient de l'exploit, il faut chercher des meubles où s'accrocher. Elle sait qu'un jour elle ne pourra plus, plus toute seule. La peau de ses bras ressemble à celle des poulets emballés sous vide au supermarché, sans muscles, sans couleur.

Parfois les sœurs en parlent entre elles à mots couverts, pour en rire. Il faut que ça sorte. Coincées à l'intérieur, ces peurs les dévorent. Elles préfèrent se moquer, dire un peu, à peine, assez pour que le bouillonnement d'angoisse s'apaise, assez peu pour qu'il n'y ait pas à alerter les enfants. À elles deux, elles feraient une petite vieille parfaite, disent-elles, l'une la tête, l'autre la chair. Hélas, elles sont deux.

C'est à ce moment qu'Antoinette survient. Antoinette a été présentée par Françoise, avec qui les sœurs jouent aux cartes le jeudi. Antoinette est quelqu'un de bien. Cultivée, en forme, pas très drôle, mais on ne peut pas tout avoir, et surtout elle est plus jeune. Soixante-seize ans, divorcée depuis longtemps, elle cherche une de ces solutions modernes pour vieillir sans aller à l'hospice. Forcément, Françoise a pensé à Alice et Bérénice, elle a proposé un goûter chez elle pour se rencontrer, c'est comme un premier rendez-vous galant, tout le monde a le cœur qui bat un peu vite.

Au premier regard, ce n'est pas l'emballement absolu. On aurait dû demander une photo, regrettera Bérénice plus tard. Antoinette est une petite brune teinte avec des dents de lapin, une permanente impeccable, du maquillage vert et orange. Françoise semble très fière de sa trouvaille. Antoinette a fait l'Essec, chuchote-t-elle aux deux sœurs lorsque l'autre se lève pour filer aux toilettes. Bérénice ne peut s'empêcher de rire. L'Essec, hein. Elle ne dira pas ce qu'elle en pense. Et faute de merle… Antoinette s'installe bientôt dans la maison d'Alice. Elle prendra l'unique chambre du rez-de-chaussée. Une fois encore, les enfants sont ravis, l'avenir est à nouveau assuré.

Cependant, l'ambiance change rapidement. En effet, Antoinette est plutôt rabat-joie, et son sentiment de supériorité n'arrange rien. Bérénice a décidé de taire sa trajectoire et celle d'Alice, qui lui cloueraient net le bec. Elle veut seulement qu'Antoinette reste. Il arrive alors ce qui arrive souvent dans les ménages à trois : deux d'un côté, une de l'autre. On vit côte à côte mais pas les uns avec les autres. Les repas sont leur seul temps commun, qu'Antoinette occupe en commentant l'actualité. La nouvelle pensionnaire sort beaucoup. Elle a bien fait comprendre aux sœurs que leurs quinze années d'écart ne les prédestinaient pas aux mêmes activités. Chez leurs amies, peu à peu, deux clans se forment, celui des jeunes vieilles emmenées par Antoinette, et celui des vraies vieilles dans lequel se trouvent Alice et Bérénice. Autant Bérénice s'en moque, autant Alice renâcle. Avec la colère, sa tête s'emmêle de plus en plus. Il devient impossible de ne pas s'en apercevoir. Bérénice se tord les mains. Qu'est-ce qu'on va faire ? murmure-t-elle.

Elles font avec. Alice redouble d'exercices avec son orthophoniste, s'entraîne chaque jour, reprend les sudokus qu'elle avait délaissés, les faciles, pour avoir des petites satisfactions. Lorsque tout trébuche, Bérénice hausse les épaules, ne la corrige pas. Elle ne commence jamais une phrase par : mais si, souviens-toi. Elle ne demande jamais à sa sœur de remonter ses souvenirs. L'échec n'est pas bon pédagogue. Alors Bérénice embraie, et si c'est sur une énormité, qu'importe. Parfois Alice s'en rend compte, pousse des cris. On s'en fiche ! rit Bérénice.

« L'escalier », par exemple. Impossible de se rappeler ce mot. Depuis six mois, chaque soir, Alice s'étire, dit : allez ! Au lit. Je vais prendre le bateau. Quand elle est encore au salon avec elles, Antoinette pince les lèvres. Tu veux dire l'escalier ? Il y a dans le regard d'Alice un tressaillement, un doute horrible. Bérénice s'arrache le dos et les genoux pour quitter le canapé, passe un bras autour de celui de sa sœur. On y va, moussaillon, rugit-elle. Alice éclate de rire. En bas des marches, elle laisse passer Bérénice. Elle n'oublie jamais que sa petite sœur, percluse de douleurs, apprécie une main qui la pousse aux fesses pour monter le bateau. Et qu'est-ce que ça change au monde, pense Bérénice, qu'on appelle ça un escalier ou un paquebot ? Du moment qu'on arrive au lit.

Les mois passent, une année, une et demie. Le trio tient tant bien que mal, avec des aigreurs, des remarques, des sous-entendus, parfois des franches rigolades, quand elles boivent un bon coup, elles ne tiennent pas l'alcool. Alice possède une belle cave, c'était pour les amis, elles piochent maintenant pour elles. Et puis quand elles boivent, Antoinette se détend, plaisante, chante, hurle de rire. S'endort d'un coup, et plusieurs fois Alice a dû la soutenir jusqu'à son lit tandis que la vieille pas si vieille beuglait une chanson populaire, Sardou ou un autre, il faut lui reconnaître cela : Antoinette chante juste et fort.

Et elle s'endort de plus en plus tôt. Avec ou sans vin. Mal à l'estomac, aussi. Le médecin lui prescrit un tas d'examens. Et même si elles ne se sont pas tellement attachées à elle, Alice et Bérénice, ça leur met un coup lorsque le verdict tombe : cancer au stade IV. Métastasée de partout, Antoinette. Elle l'annonce aux deux sœurs en tremblant. Et merde, dit Bérénice. Elles l'enterrent trois mois plus tard.

D'abord, il y a quelques semaines de sidération. L'absence d'Antoinette, de sa compagnie bruyante, de sa voix même désobligeante. Mais on est dur à cet âge-là, on ne pense qu'à soi, et bientôt Alice et Bérénice redécouvrent le bonheur d'une maison sans tensions. Plus jamais, se jurent-elles. Cela ne fait pas l'affaire des enfants, qui voient bien que ça décline entre deux visites, avant on ne remarquait pas d'évolution, maintenant, d'une fois sur l'autre, on se dit qu'il y a ce petit quelque chose en plus qui cloche, ce petit quelque chose en moins qui fonctionne. On ne l'imaginait pas de cette façon, vieillir. On croyait que ce serait tranquille. On parle à nouveau de la maison de retraite. On se heurte à deux murs.

Par lâcheté, les enfants abandonnent. Pour le moment. On y reviendra. Alice et Bérénice voient rapetisser leur existence dans une fatigue parfois béate. Elles n'écoutent plus Brel, il y a trop de vieux et de derniers repas ; quand une chanson de Sardou passe à la radio, elles s'éclairent en gloussant – sacrée Antoinette. On l'a bien eue. Cela fait des souvenirs, et il en faut pour meubler des journées qui n'en finissent plus de s'étendre, surtout la mauvaise saison, avec les douleurs de Bérénice et le jardin tout flaque. Au printemps, quelque chose repart. Le soleil, les fleurs, la douceur de l'air. Les vieilles aussi. Bérénice dit qu'elles sont comme le thym rabougri dans la jardinière, à moitié crevé mais qui sort quelques pousses, quelques verdeurs improbables, elles bavardent sur la terrasse. Souvent, Alice se perd dans la contemplation de l'horizon. Les mots ne viennent plus, elle cesse de parler. Quand elle répond à côté, Bérénice continue à l'encourager, tout plutôt que ce mutisme où la peur de mal dire l'emporte sur le plaisir de causer. Au moment de rentrer dans la maison, c'est Alice qui soutient sa sœur. Elles sont sur une balançoire à bascule, si l'une tombe, l'autre chute à son tour.

Il y a fatalement un jour où ce n'est plus possible de les laisser toutes les deux seules dans la maison, et l'aide à domicile deux fois par semaine n'y suffit pas.

Les deux filles d'Alice, le fils et la fille de Bérénice se réunissent un week-end sur place et il n'est pas question d'entamer une longue discussion où chacun ferait valoir son point de vue. C'est décidé. Alice et Bérénice iront en Ehpad. La demande est partie, c'est une question de semaines, espère-t-on, et on lèche sur ses doigts le chocolat et la meringue des gâteaux apportés pour fêter ça, les deux vieilles ont laissé les leurs, estomac noué, je peux en prendre un ? demande le fils de Bérénice. Les sœurs contemplent leurs enfants eux-mêmes vieillissants. L'aîné des quatre aura soixante et onze ans à l'automne, à cet âge elles n'auraient plus envie de s'occuper de leurs parents, elles non plus, soixante et onze ans c'est presque l'âge de mourir, pourquoi pas, alors se demander si leur mère va bien, si elle n'a pas fait un infarctus, si elle n'est pas tombée, tout ce souci.

Ma pauvre vieille, dit Bérénice à Alice le soir. Il va falloir faire nos valises.

On part en voyage ? s'éclaire Alice.

Quelque chose comme ça.

Ils ne sauront jamais ce qui s'est passé, ils sont repartis avant. Personne n'a entendu Alice s'écrier plus tard : Allez, c'est l'heure de dormir, on prend le bateau. Toi et moi, comme toujours.

Personne ne les a vues monter les marches de l'escalier l'une après l'autre, lentement, difficilement, une main d'Alice dans le dos de sa sœur, une main veinée de bleu comme la mer un jour de tempête, poussant les jambes striées de varices et dont les muscles tremblent, les tendons, et jusqu'aux os, après, on ne peut que supposer. Arrivée en haut, Bérénice a dû glisser. Elle est tombée dans l'escalier, fauchant Alice qui venait derrière elle, Alice qui chantonnait peut-être ô mon bateau, elle aimait bien ce refrain, elles ont dévalé ensemble les marches dans l'autre sens, beaucoup plus vite, beaucoup plus fort, en bas, ça a cogné le carrelage.

L'aide-ménagère les a trouvées le matin. Elles étaient mortes toutes les deux dans les bras l'une de l'autre, en tas, au pied de l'escalier. Il faut se dire pour se consoler que c'est ce qu'elles auraient voulu. Rester ensemble jusqu'au dernier moment, dans leur maison. Elles ont tenu leur promesse. Aucune ne s'est retrouvée seule, aucune n'est allée en maison de retraite.

Leur tombe est dans la même allée que celle d'Antoinette, pas trop près, un petit cimetière de campagne avec une vue magnifique sur les vallons et les ruisseaux. Une fois par an, leurs enfants viennent déposer des fleurs et nettoyer la pierre. Ce n'est jamais triste. Au restaurant où ils vont ensuite, ils se disent qu'ils pourraient faire pareil quand ils seront vieux vraiment vieux, emménager ensemble. Ils ont gardé la maison, on ne sait jamais. Cette maison avec le bateau. Et puis ils commandent une bonne bouteille, trinquent en riant à la santé d'Alice et de Bérénice.

Et cela est une histoire vraie.

Lorraine Fouchet

La Traversée de la vie

Avant de se consacrer à l'écriture, Lorraine Fouchet a été urgentiste. Elle a écrit plus de vingt romans couronnés de succès, parmi lesquels on peut citer *Entre ciel et Lou*, Prix Ouest, Prix Breizh et Prix Système U. Son dernier roman, *L'écriture est une île*, paru aux Éditions Héloïse d'Ormesson en avril 2024, a su une fois de plus conquérir le cœur des lecteurs.

La gare maritime de Lorient est située rue Gilles-Gahinet. C'était le vainqueur de la Transat en double Lorient-Les Bermudes-Lorient avec Eugène Riguidel en 1979, après 34 jours, 6 heures, 31 minutes et 12 secondes. Mais le bateau qui nous intéresse fait la traversée de Lorient vers l'île en quarante-cinq minutes plus ou moins quelques secondes. Il s'appelle le *Breizh Nevez*, « nouvelle Bretagne ». Les touristes l'appellent « le ferry », les insulaires « le roulier », les anciens « le vapeur » en souvenir d'autrefois. Il relie la « grande terre », c'est-à-dire le continent, à l'île.

Les passagers embarquent. Seuls quatre d'entre eux nous concernent : Noé, Myriam, Louis et Brieuc. Ils n'ont ni le même âge ni les mêmes aspirations. Un point commun les réunit, minuscule point sur la carte, caillou de huit kilomètres sur quatre posé au milieu de l'océan Atlantique : Groix.

Noé n'est pas revenu depuis cinq ans. Pourtant il a grandi sur cette terre émergée, toujours fourré dans les jupes de sa Meumée parce que ses parents tenaient l'hôtel-restaurant familial sur le port et n'avaient pas le temps de s'occuper de lui. Ils étaient persuadés qu'il prendrait leur suite. Le ciel leur est tombé sur la tête quand le matin de ses dix-huit ans il a annoncé qu'il montait à Paris pour devenir pâtissier. Son père a hurlé : « Tu nous laisses tomber, tu es un traître, un déserteur ! » Il était persuadé que Noé capitulerait. Il a eu tort. Noé est resté en contact avec sa mère et sa Meumée, mais le père a coupé les ponts avec le fils.

Il y a trois jours, une cousine a téléphoné à Noé pour lui apprendre la triste nouvelle. Hier soir, il a assuré pour le second couvert, dans le restaurant où il est préposé aux desserts, puis conduit toute la nuit et dormi dans sa voiture afin de prendre le premier bateau. Il est en noir, évidemment. Sauf ses chaussettes rouges. Sa Meumée les lui a envoyées à Noël dernier, il les porte pour le clin d'œil. Elle est *partie dans le suet*, comme disent les Groisillons, elle a largué les amarres.

Les deux touristes assis à côté de lui sont déguisés en vacanciers bretons, cirés et bottes jaunes, marinières rayées, sourire large et regard heureux. Dans trente minutes, Noé débarquera à Port-Tudy, à temps pour la messe et les larmes.

Myriam s'accroche au bastingage, ses mains crispées lui font mal.

— Ça va, grand-mère ?

— J'irai mieux quand on sera sur le plancher des vaches, ment-elle en souriant à Brieuc.

— Tu as eu une drôle d'idée de nous emmener ici en plein hiver, remarque Louis, son mari.

Il ne la reconnaît plus, ne comprend pas ce qu'ils fabriquent ici. Pourtant il l'aime depuis ce matin lointain où elle a croisé sa route, alors qu'il attendait dans la boulangerie pour acheter sa baguette. Elle était devant lui et avait demandé une tarte aux fraises. « Pour combien de personnes ? » s'était enquis la commerçante. « Deux personnes, je fête mon anniversaire seule aujourd'hui, mais je suis gourmande. » Elle l'avait dit avec une étrange gravité, sans tristesse. Elle était ravissante. Il avait osé : « Puis-je vous offrir un café en ce jour spécial ? C'est aussi mon anniversaire, nous sommes jumeaux ! » Il avait sorti sa carte d'identité pour lui prouver qu'il disait vrai. Elle avait accepté en riant, parce que la coïncidence était amusante. Aujourd'hui ils sont mariés, parents, grands-parents, retraités, fragiles. Myriam a perdu son père et sa mère très jeune, dans un accident de voiture pendant la guerre. Elle n'avait plus de famille, ils en ont bâti une ensemble, solide et soudée. Il a été stupéfait lorsqu'elle a décrété hier qu'elle voulait partir sur cette île bretonne dont il ignorait l'existence.

— Allons-y plutôt au printemps ? a-t-il sagement suggéré.

— Non, je veux y être demain. Brieuc nous conduira.

Louis n'a pas insisté. Ils ont pris la route ce matin bien avant le lever du soleil.

Le bateau a quitté le port depuis un moment, quand une île se profile au loin.

— Qui voit Groix voit sa joie ! s'écrie la touriste en ciré jaune.

— Qui voit Groix voit son foie, rétorque son compagnon. J'ai des copains voileux qui viennent souvent y faire la fête.

Noé et Myriam, qui ne se connaissent pas, savent qu'on dit aussi « Qui voit Groix voit sa croix ».

Le bateau passe entre les deux feux d'entrée de port, l'un rouge, l'autre vert, et vient s'amarrer à quai. L'hôtel des parents de Noé est à une encablure, l'ancienne mesure de longueur marine qui désignait la longueur du câble de remorquage d'un navire par un autre. C'est là que Myriam a réservé deux chambres.

Les piétons débarquent, les voitures roulent sur le plan incliné avant de continuer vers le bourg. Noé et Myriam font halte au Mojo. Ce bar rouge s'appelait « Chez Soaz, dernier café avant Lorient » quand Noé était gamin. Dans un temps plus ancien, il s'appelait L'Escale, à gauche c'était Le Café du Port, ils servaient alternativement au règlement des paies des marins embarqués sur les thoniers, en présence des propriétaires, des commandants et des boscos. Les femmes attendaient les salaires sur le quai, pour aller payer leurs notes laissées dans les commerces de l'île, épicerie, mercerie et autres. Le mari marin, ou le fils mousse, gardait quelques sous pour aller boire le coup dans le bistrot voisin, les deux bars communiquaient. Myriam, arrivée sur l'île en 1942, y a vécu quatre ans jusqu'à la fin de la guerre, mais les siens l'ignorent, elle a gardé ce secret pour elle, et ce n'est pas le seul.

— Trois cafés, s'il vous plaît, commande-t-elle, émue.

— Un café avec un peu de *kanimâtt* pour me donner du courage, demande Noé.

Le jeune homme occupé à ranger des verres derrière le bar se retourne en entendant l'expression groisillonne.

— Noé ? J'étais sûr que tu viendrais. Mes condoléances. Tout le monde l'aimait, ta Meumée. J'ai ce qu'il te faut.

Il attrape une bouteille.

— Ton père n'a pas changé, c'est un *torrpenn*, il est borné. Si tu veux dormir à la maison, on a la place.

— Je ne reste pas, je repars par le dernier bateau.

Le café arrosé ragaillardit Noé, qui constate l'évolution qu'a connue le port depuis cinq ans. Myriam aussi inspecte les quais et les pannes, ébahie par la transformation subie en quatre-vingts ans. L'île de pêcheurs, la belle Groix aux cent thoniers, est métamorphosée. Autrefois, les marins portaient casquette, chandail, pantalon et sabots en semaine, chaussures le dimanche ; les femmes étaient coiffées d'un béguin en semaine, d'une coiffe le dimanche, leur jupe descendait à mi-mollets. Ce matin les passants portent des jeans, une veste, un ciré, des baskets.

Noé se lève en même temps qu'elle, à croire qu'ils se sont concertés. Ils mettent le cap sur l'hôtel, atteignent la porte à la même seconde. Le garçon s'efface pour laisser la cliente âgée entrer la première, puis lui emboîte le pas. Une femme habillée de noir se tient derrière le comptoir, elle ne le voit pas tout de suite, croit qu'il fait partie du groupe.

— Bienvenue, dit-elle. J'avais peur que vous arriviez plus tard, nous sommes en deuil, nous enterrons ma belle-mère aujourd'hui, la messe est à… Noé ?

Son visage s'illumine en apercevant son fils. Ils s'étreignent.

— Ton père va être…

— Furieux ?

— Tu le connais. Mais ta Meumée doit être heureuse de ta présence.

— Elle n'est plus là pour s'en rendre compte, soupire-t-il, amer.

— Nous naviguons sur le *Titanic* de la vie, mon fils. Nous sommes nés et nous mourrons, mais dans l'intervalle chacun a le choix de sa danse et de sa musique. Lucette a dansé avec courage et dignité.

Elle se reprend, se retourne vers Myriam.

— Excusez-nous, c'est un jour spécial pour nous, ça ne vous concerne pas.

— Plus que vous ne croyez, répond la cliente.

Louis et Brieuc la dévisagent avec surprise.

— J'ai vécu dans cet hôtel autrefois, pendant la guerre. Lucette était mon amie.

La mère de Noé fronce les sourcils.

— Votre réservation est au nom de Martin ?

— Je m'appelais Lévy à l'époque.

Noé écarquille les yeux.

— Vous êtes Mimi ? Oh, je suis si heureux de vous rencontrer… Elle m'a tellement parlé de vous !

Myriam se tourne vers son mari.

— Je t'ai menti depuis le début, dit-elle. Je ne pouvais pas faire autrement. Pardon.

Il tressaille, inquiet.

— Mes parents ne sont pas morts dans un accident de voiture, poursuit-elle. Ils ont été faits prisonniers pendant l'été 1942, puis déportés au camp d'extermination nazi d'Auschwitz-Birkenau.

Je dormais chez des amis bretons ce soir-là. On m'a emmenée ici, puis cachée dans cet hôtel, où la famille de Lucette m'a nourrie et protégée jusqu'à la Libération. L'île était occupée par les Allemands, on m'a dit que je m'appelais Mimi, on m'a appris à faire le signe de croix et la génuflexion. Ils ont eu faim, ils ont partagé avec moi. Je leur dois la vie. Tu existes grâce à eux, Brieuc.

Louis, abasourdi, regarde sa femme.

— Tu as gardé ça pour toi pendant toutes ces années ? Pourquoi ?

— Pour survivre et ne pas devenir folle. Je n'avais plus personne. Je t'ai dit que j'étais orpheline, c'était vrai. Le reste m'écrasait, m'empêchait de respirer. Les gens ne croyaient pas les rescapés des camps, refusaient de les écouter. J'ai choisi de me taire. Je n'en parlais qu'à Lucette, au téléphone, régulièrement. Elle m'écoutait. Mes parents revivaient dans nos conversations.

— Elle vous aimait beaucoup, murmure Noé.

— Vous allez monter à l'église dans notre voiture, propose sa mère. La pente est raide vers le bourg.

— Mes mollets s'en rappellent, sourit Myriam. Pourquoi ton père serait-il furieux de te voir, Noé ?

— Je l'ai déçu. Il voulait que je reprenne l'hôtel après eux, j'ai choisi de vivre à Paris, je suis un dissident, un renégat. On ne se parle plus depuis cinq ans.

Noé et Brieuc marchent vers l'église, qui a un thon sur le clocher, pas un coq comme ailleurs en France, parce que Groix était une île de marins pêcheurs.

— Désolé pour ta grand-mère, dit Brieuc.
— C'est elle qui m'a appris à faire mon premier *tchumpôt*. Elle m'a mis le pied à l'étrier.
— Ton premier quoi ?
— C'est la spécialité de l'île, un genre de kouign amann en plus calorique. On dit aussi *kouign-pod*.
— J'ai des rapports compliqués avec mon père, mais cinq ans sans se parler c'est une éternité !
— Il est borné, têtu, on ne le changera pas. Pourtant c'est un type bien, il est sauveteur en mer, il donne de son temps à la recyclerie. Je suis bénévole aux Restos du Cœur à Paris pour suivre son exemple.
— Ah oui ? On est deux, mon pote !
Les deux garçons sourient de la coïncidence. Ils arrivent au bourg, rejoignent les Groisillons en noir rassemblés devant l'église. Les insulaires saluent Noé. Une voiture s'arrête, sa mère, Myriam et Louis en descendent, suivis par un homme de haute taille dont le visage se ferme en apercevant le déserteur.
— Je suis venu pour elle, pas pour toi, dit fermement le garçon.
— Nous sommes tous là pour votre mère, s'interpose Myriam.
— Merci, dit-il sans regarder son fils. Venez au premier rang avec nous, c'est ce qu'elle aurait voulu.

La famille proche s'installe au premier rang, près du cercueil. Louis et Brieuc optent pour le quatrième rang. Noé s'assied de l'autre côté de l'allée centrale. La messe commence, certains prennent la parole pour exprimer le vide que Lucette laisse derrière elle. Noé a la gorge si serrée qu'il s'interrompt au milieu. Myriam se lève pour rendre un dernier hommage à son amie. Elle s'appuie sur sa canne pour marcher jusqu'au pupitre, mais sa voix est claire et vibrante.

— Au revoir, Lucette. Je dois tout à ta famille. Je ne serais pas là sans eux. Mes parents m'ont donné la vie, les tiens m'ont sauvée et offert un avenir. Je t'entends rire et proteste : « C'était normal », mais non, c'était courageux, solidaire et rare. À mon tour d'avoir un cadeau pour toi.

Myriam darde son regard bleu sur le père de Noé.

— Un jour où on avait faim, en 1943, Lulu m'a dit : « On est tous dans le même bateau, on fait partie du même équipage. Après la guerre, je te ferai goûter le *tchumpôt*. Tu verras, il a le goût du bonheur. » Je n'ai jamais eu l'occasion de goûter son *tchumpôt*, mais son amitié m'a rendue heureuse. Je ne savais pas que mes parents avaient été exterminés, que plus rien ne serait jamais pareil. Sa phrase m'avait frappée. Un équipage commun contre l'adversité. Aujourd'hui, vous et votre fils êtes dans le même bateau. Il a la chance d'avoir encore un père. Vous avez la chance d'avoir encore un fils. L'hôtel, c'est votre rêve, pas le sien. Lucette rêvait d'être chanteuse, elle ne vous l'a jamais confié ? À notre époque, c'était impensable. Mais les temps ont changé, désormais Noé a le droit de naviguer vers son destin. En mémoire de Lulu, je vous demande de faire la paix tous les deux. Remontez à bord et prenez le même cap. Pour elle.

Noé et son père frémissent mais ne se regardent pas.

— C'était son vœu le plus cher, elle me l'a dit la semaine dernière. Secouez-vous, *nom de toui* ! Arrêtez vos *zoutouniaks* !

Le parler Groisillon fait son effet. Mimi, qui l'a appris enfant, ose mettre Dieu en cause dans sa propre maison, et leur ordonne d'arrêter leurs bêtises. Noé se lève, traverse l'allée, s'approche de son père. Sa mère se décale d'une chaise pour lui permettre de s'asseoir. Myriam regarde le cercueil de son amie d'enfance.

— Tu vois, ils ne sont pas si *zôtt*, finalement !

Les insulaires échangent des regards complices, tandis que Louis et Brieuc découvrent une nouvelle Myriam. Noé tend la main à son père, qui la serre gravement.

Après la messe, on marche en procession vers le cimetière proche. Puis l'assemblée redescend vers le port et se réunit dans la salle à manger de l'hôtel pour boire, manger même si personne n'a faim, et partager des souvenirs de Lucette.

— On est sur le même thonier, mais tu n'es que le mousse, grogne le père de Noé à l'adresse de son fils.

— Non, papa, on est marins tous les deux. On s'entraide, on est solidaires, comme aux Restos. Et on a une mission à accomplir ensemble. Tu vas m'aider. On a bien besoin d'une bouchée de bonheur. Je sais que tu as des torchons. Tu as du beurre salé ? Du sucre vergeoise ? De la farine ? Des œufs ? De la crème fraîche épaisse ?

— Du beurre salé, bien sûr, pour les petits déjeuners des clients. Du sucre vergeoise, toujours. De la farine, forcément. Mais je pensais faire les courses demain, le restau est fermé pour cause de deuil, je n'ai plus ni œufs ni crème.

— Je vais chercher des œufs, s'écrie un voisin.

— Et moi de la crème, renchérit un hôtelier groisillon concurrent.

Louis écarquille les yeux.

— Pour quoi faire ? demande-t-il, largué.

— Tu vas voir, dit doucement Myriam, qui a deviné.

Noé s'adresse à son père :

— J'ai besoin d'un commis de cuisine. Tu te sens de m'épauler ?

L'homme retrousse ses manches en esquissant un sourire.

— À vos ordres, chef !

Noé étale la farine en formant une fontaine. Il y incorpore les œufs que son père casse pour lui, et mélange. Ensuite la crème, et il mélange. Puis il travaille l'ensemble comme une pâte à pain. Il façonne plusieurs boules, qu'il aplatit.

Sur chacune, père et fils versent le sucre brun et déposent des morceaux de beurre salé. Puis Noé, qui a le coup de main, forme des chaussons en soudant parfaitement les bords. Les deux hommes les enferment ensuite dans des torchons qu'ils ficellent comme de gros bonbons ventrus.

Les *tchumpôt* cuisent trente-cinq minutes dans de l'eau bouillante salée. Il n'y a plus qu'à les couper en tranches bien chaudes dégoulinantes de beurre et de sucre.

— Ma Meumée cuisait les siens dans le bouillon de la potée, précise Noé à Myriam. Il en reste toujours pour le lendemain, on le réchauffe dans du beurre salé qu'on laisse caraméliser. Ça tient au corps, on ne peut pas en manger beaucoup !

Pourtant, en ce jour particulier, les plats reviennent vides, quasiment nettoyés.

— Lucette avait raison, le bonheur a ce goût-là, affirme Myriam en levant son verre de cidre en mémoire de son amie.

— Merci de m'avoir aidé, papa, tu es un bon mousse, ose Noé.

— Ta Meumée aurait apprécié ton *tchumpôt*, grogne le père.

Noé sourit pour la première fois depuis son arrivée ce matin. Il a l'estomac dans les talons. Occupé à cuisiner, il en a oublié de manger.

— Vous ne m'avez rien laissé ? proteste-t-il.

Brieuc ouvre un placard, sort l'assiette qu'il a mise de côté pour lui, la lui tend.

— Je ne t'ai pas oublié, mec. J'existe grâce à ta famille, je viens de savourer ce truc qui est une vraie tuerie grâce à eux, je vous dois tous mes bonheurs passés et futurs.

Puis il se tourne vers Myriam.

— Les gens dans le bateau, ce matin, ils ont dit : Qui voit Groix voit sa joie. Et qui voit Groix voit son foie. Je comprends pourquoi maintenant.

— Les familles se transmettaient la recette de génération en génération, ça nourrissait, ce n'était pas cher, les enfants et les anciens l'aimaient, précise Noé.

— Tu veux me faire plaisir ? lui demande Myriam. Ne reprends pas le bateau ce soir, reste jusqu'à demain. Comme ça, tu nous en referas au petit déjeuner, rissolé dans le beurre.

Noé hésite, regarde son père, qui lui fait signe d'accepter.

— Et ton cholestérol ? Et ton diabète ? proteste Louis, affolé.

— On ne fait pas la traversée de la vie en solitaire, mon chéri. Il faut plusieurs bras pour hisser nos voiles. Nous sommes nés et nous mourrons, mais dans l'intervalle chacun a le choix de sa danse, de sa musique, de son *tchumpôt*, et de sa solidarité. Ensemble, on est plus forts.

Karine GIEBEL

Octobre

Grande collectionneuse de prix littéraires prestigieux et maître ès thrillers psychologiques, Karine Giebel est à la fois reine du polar et reine de la nouvelle. Elle sait condenser en quelques pages la force d'un roman pour nous entraîner dans son sillage. Avec plus de quinze romans et recueils noirs, elle est aujourd'hui immensément reconnue en France et à l'international. Son dernier ouvrage, *Et chaque fois, mourir un peu*, a paru en mars 2024 aux Éditions Récamier.

Je remonte l'allée qui serpente entre les amandiers, les gainiers et les palmiers. Je sais donner le nom de chacun des arbres. Je les connais tous, comme autant d'amis, de confidents. C'est Omer qui m'a appris à les aimer. Il dit que les arbres sont le lien entre la terre et le ciel.

Omer, c'est mon grand-père. Il continue de veiller sur ses citronniers, ses mandariniers, ses figuiers et ses oliviers. Mais c'est désormais mon père qui s'occupe de les tailler, qui procède aux récoltes et à la vente des fruits. Dans notre famille, on est arboriculteur de père en fils. Et même si je suis une fille, j'ai décidé qu'un jour je prendrai la suite, que ça leur plaise ou non.

Je croise Noah, qui descend l'allée à toute vitesse, fier de montrer à tous le vélo que ses parents lui ont offert pour ses douze ans.

On est dans la même classe, on se connaît depuis la maternelle.

Il freine à ma hauteur et manque de perdre l'équilibre. Je fais semblant de n'avoir rien vu tandis qu'il me demande si Yossèf est à la maison.

Yossèf, mon frère jumeau. Et le meilleur ami de Noah.

— À plus, Ayala ! me lance-t-il en reprenant sa route.

Je crois qu'il m'aime bien, Noah. Mais moi, je l'aime tout court. Il est tellement mignon avec ses grands yeux verts et son joli sourire !

Jolie, je ne le suis pas, et Noah ne sera jamais amoureux de moi. Alors, je pleure parfois avant de m'endormir. Personne ne le sait, parce que je suis seule dans ma chambre, parce que je suis l'unique fille de la famille. J'aurais aimé avoir une sœur, Dieu ne m'a donné que des frères. Il y a Yossèf, mon jumeau, que tout le monde appelle Yossi, et Nikhbad, mon grand frère, que tout le monde surnomme Nik.

Et à part Noah, tout le monde m'appelle Aya.

Je coupe par le jardin de Batia, la cuisinière de la cantine, histoire de gagner quelques secondes. Dans notre village, pas de clôtures autour des habitations, seulement séparées par des pelouses et des massifs fleuris.

Hassiya dit qu'ici c'est le paradis. Une oasis au milieu du désert.

Hassiya, c'est ma grand-mère. Elle avait vingt ans lorsque Omer a débarqué. Il venait d'un pays lointain, d'un autre continent, et Hassiya aime raconter leur *coup de foudre*.

J'aperçois le vieux Kaleb, qui promène son chien, je lui adresse un signe de la main. Ici, tout le monde se connaît, difficile de garder un secret ! Nik affirme qu'un jour il partira, qu'il en a assez de notre village. Qu'il veut devenir anonyme au cœur d'une grande ville, pleine de bruits et de fêtes.

Moi, j'ai l'intention de rester au paradis. Pourquoi descendre sur terre ?

J'arrive enfin chez mes grands-parents et trouve Hassiya installée sous le porche. Son visage s'illumine, elle me prend dans ses bras. Elle a la peau douce, elle sent le pain chaud et la vanille. Je m'assois près d'elle et je regarde l'olivier qu'Omer a planté le jour de ma naissance. Non loin de là, celui de Yossi. L'arbre de mon frère est en meilleure forme que le mien : il est plus épanoui, plus fort. Mon olivier semble fragile et chétif, il a du mal à grandir, à s'épanouir.

J'y vois un signe.

— Tu as l'air triste, Aya... Ça ne va pas ?

— Si, mamie, ne t'inquiète pas.

Je sors de mon sac les deux romans qu'elle m'a prêtés il y a quelques jours.

— Ils t'ont plu ? me demande-t-elle.

— Oui, je les ai adorés !

Je lis beaucoup. Sans doute parce que je n'ai plus d'amie depuis que Hanna a quitté le village. Ses parents ont décidé d'aller en ville, toute la famille a déménagé. Bien sûr, on se téléphone, on s'envoie des trucs sur TikTok. Mais plus les mois passent, plus notre amitié devient floue.

Heureusement, il y a Yossi, mon jumeau, mon double. Bien souvent, nous n'avons pas besoin de parler, un simple regard nous suffit…

Et puis il y a ma grand-mère. Hassiya, c'est un abri où se réfugier quand tout va mal. Contrairement à Sarah, ma mère, Hassiya est douce, patiente, gentille. Tandis que maman est fréquemment en colère, sur les nerfs. Je ne sais pas me confier à elle, elle ne sait pas m'écouter. Un fossé qui se creuse chaque jour un peu plus. Je crois que c'est à cause de ce qui se passe entre elle et Dori, mon père. Ils se disputent tout le temps, et je ne peux rien faire à part les regarder se déchirer.

Je m'attarde toute la matinée chez mamie avant de reprendre le chemin de la maison. En sortant de chez elle je jette un œil à l'arrêt de bus scolaire que des enfants ont décoré de dessins naïfs.

Des fleurs, des arbres et des soleils sur un abri antibombes.

Je contemple l'immense clôture de protection qui ceint notre village.

Le paradis sur terre, entouré de champs de blé, de vergers.

De barbelés.

Une oasis au milieu du désert. Le kibboutz où je suis née.

*
* *

Je monte l'escalier en courant, j'entre sans frapper.

— C'est moi !

Je lâche mon vieux sac à dos derrière la porte et je rejoins Marwa dans la cuisine. Je l'embrasse, elle m'embrasse, on s'embrasse. Ensemble, on conjugue le verbe aimer sans jamais se tromper.

Pas un jour sans que je passe voir ma grand-mère. Elle me prépare toujours un gâteau, une brioche ou un pain à l'anis. Je reste une heure ou deux, mais je vois rarement Akram, mon grand-père, qui use ses journées à travailler. Des petits boulots qui leur permettent tout juste de vivre. Avant, Akram s'occupait de ses oliviers, mais ça fait longtemps qu'il n'a plus accès à ses terres ni à ses arbres. Parce qu'ils sont de l'autre côté.

Là où nous n'avons pas le droit d'aller.

Mon père, lui, traverse chaque jour la frontière par le passage d'Erez. Il part très tôt le matin, revient tard le soir. Il faut du temps pour subir les fouilles et les contrôles. La journée, il nettoie les rues d'Ashkelon et ramasse les ordures. Puis un bus le ramène à Erez, et là il est à nouveau fouillé, contrôlé. Humilié.

Quand il rentre, je suis déjà couché. Mais vu que je dors dans la pièce commune, j'ouvre souvent les yeux pour l'observer. Il semble fatigué, abattu. Bien avant ma naissance, il était lui aussi arboriculteur. Auprès d'Akram, son père.

Il est passé des olives aux poubelles. Il n'a pas eu le choix.

Il me répète de bien travailler à l'école, pour espérer avoir un bon métier, et échapper au chômage et à la misère qui gangrènent notre *pays*. Mais mon espoir à moi, mon espoir secret, c'est de récupérer un jour les terres de mon grand-père et de soigner les oliviers, dont certains ont plus d'un siècle ! Je les ai vus une fois avec Akram. Il a fallu demander une autorisation, attendre des heures... Et quand il a découvert ses arbres à l'abandon, Akram s'est mis à pleurer.

Aujourd'hui, c'est vendredi, je ne suis donc pas allé en classe. Le reste de la semaine, on est obligés de s'y rendre à tour de rôle à cause du blocus qui nous empêche de construire de nouvelles écoles ou de réparer celles qui ont été abîmées par les bombes.

Les jours où nous restons à la maison, maman veille à ce que mes sœurs et moi révisions nos cours. Chez nous, les parents prennent l'école très au sérieux !

Aujourd'hui, Marwa m'a préparé un gâteau au fromage de brebis, un régal. La semaine dernière, pour mes douze ans, elle m'a offert le même maillot de foot que celui de Ronaldo, et je le porte dès que je ne suis pas en classe ! L'an dernier, c'était celui de Messi, et pour mes dix ans, celui de Mbappé. Elle prend toujours deux tailles au-dessus, comme ça je peux les utiliser longtemps.

Je ne verrai jamais jouer Ronaldo, Messi ou Mbappé. Sauf à la télévision ou sur internet.

Je ne les verrai jamais, comme je ne verrai jamais le monde.

Je suis né ici, je survis ici.

Je mourrai ici.

— Alors, Elias, il est bon mon gâteau ?

— Délicieux ! dis-je avec la bouche pleine.

— Tant mieux ! Il faut que tu grandisses et que tu grossisses. Tu es trop petit, trop maigre !

Ma grand-mère a un faible pour moi. Peut-être parce que je suis son unique petit-fils. Marwa n'a eu qu'un fils. Je n'ose pas lui demander pourquoi. D'ailleurs, elle me répondrait sans doute que c'est ce que Dieu a voulu. J'ai remarqué qu'Il est très pratique pour esquiver les questions gênantes…

J'aurais bien aimé avoir un frère, mais mes parents sont trop vieux, maintenant. Il faudra que je me contente de mes trois sœurs ! Dans l'ordre d'arrivée, il y a Maram, vingt ans, Faten, dix-sept ans, et Najat, quatorze ans. Heureusement que j'ai mes copains d'école, avec qui je peux parler foot et jeux vidéo... Mes sœurs, elles, n'y comprennent rien ! Mais je suis leur chouchou, et c'est un peu comme si j'avais quatre mères... Et même cinq, si je compte Marwa. Elles prennent toutes soin de moi, m'aident pour les devoirs, que nous faisons souvent à la lueur de la lampe à pétrole. Car ici, les coupures d'électricité sont quotidiennes.

J'embrasse Marwa avant de quitter son appartement. Je flâne un moment, peu pressé de rentrer chez moi. Je croise Zacharia, assis sur une chaise au pied de son immeuble. Il est encore plus âgé qu'Akram, mon grand-père. Zac me raconte qu'avant, il vivait dans une vraie maison, entourée d'oliviers, de pruniers et de grenadiers. Pour la énième fois, il me raconte la *Nakba*, la grande catastrophe. Il me raconte comment sa famille a été chassée de ses terres alors qu'il avait mon âge, comment il a dû tout abandonner pour échouer ici. Sa main déformée sort une grosse clef dorée de la poche de sa veste.

La clef du paradis, il l'appelle.

Celle de son ancienne maison. Une clef léguée par son père, et qu'il garde toujours sur lui. Je le soupçonne même de dormir avec... Je connais son histoire par cœur, mais je l'écoute avec respect avant de continuer mon chemin. J'ai des images plein la tête. Les images de ce paradis perdu, de cette jolie maison faite de pierres et d'amour sur laquelle s'accroche une vieille glycine.

Les images d'une famille jetée sur les routes pour laisser la place à une autre.

Il ne me faut que quelques minutes pour rejoindre l'appartement où nous habitons. Il est trop petit pour nous six, mais Hayat, ma mère, me dit sans cesse que je ne dois pas me plaindre : j'ai un toit sur la tête, de quoi manger chaque jour. Mes sœurs dorment toutes dans la même chambre, mes parents occupent l'autre. Moi, je couche dans la pièce principale, qui sert de salle à manger et de cuisine.

Je vis dans un minuscule appartement au nord d'une grande cage.

Marwa dit souvent qu'ici c'est l'enfer. Une prison à ciel ouvert.

La bande de Gaza, là où je suis né.

*
* *

Yossi fourre quelques affaires dans son sac. Il va passer le week-end avec Noah et ses parents. Même si c'est Shabbat et Sim'hat Torah, ils se rendront demain matin dans un parc d'attractions de Tel-Aviv. Dans ma famille, comme dans celle de Noah, on n'est pas très pratiquants...

Yossi a de la chance : nos parents ne m'ont jamais autorisée à partir en week-end avec Hanna. Tout ça parce que je suis une fille. Yossi a plus de libertés que moi, mais ça ne m'empêche pas de l'aimer. Bien plus que je ne m'aime.

Il ne dormira pas à la maison cette nuit et, comme chaque fois que nous sommes séparés, je ressens une angoisse irrépressible, l'impression qu'une partie de moi s'en va, que je me déchire en deux.

Quant à mon frère Nik, il a déjà pris la route avec ses amis pour rejoindre une rave party au milieu du désert.

— Je prends celui-là ? interroge Yossi en me montrant un sweat à capuche.

— Non, plutôt le bleu, réponds-je. Il te va mieux.

Il me demande toujours quel vêtement choisir au moment de s'habiller le matin ou de faire sa valise.

— J'aimerais bien venir avec vous, ajouté-je.

— Les parents ne voudront pas, tu le sais bien, soupire mon frère.

Je vérifie qu'il n'a rien oublié avant de fermer son sac. Je l'accompagne jusqu'au bout du jardin.

— Fais pas cette tête ! dit-il en m'embrassant. Je reviens dimanche soir…

Quarante-huit heures sans Yossi. Une éternité.

*

* *

En sortant de la mosquée, nous sommes allés à la plage. Nous avons rejoint mes oncles, mes tantes, mes cousins et cousines. Il y a aussi Marwa et Akram, bien sûr. Les hommes fument la shisha, les femmes jouent aux cartes. Mes sœurs et mes cousines discutent, installées en cercle sur le sable, tandis que mes cousins et moi jouons au foot.

À Gaza, rares sont ceux qui ont de l'argent, et la plage fait partie des distractions gratuites. Alors, nous profitons d'une soirée encore douce avant l'hiver.

Après le match de foot, nous nous asseyons, non loin des filles. Mes sœurs portent le voile, elles n'ont pas le choix. À la maison, mon père ne les y oblige pas, mais dès que nous sortons, mieux vaut qu'elles couvrent leurs cheveux et leur corps.

J'observe les gens autour de moi, à la lumière des quelques cafés qui bordent la plage, avec leurs chaises et leurs tables en plastique.

Ils sourient, certains rient. Mais je sais qu'ils sont tristes dedans.

Tristes, comme moi.

Sultan, l'un de mes cousins, prend la parole. Il a vingt-trois ans, il est étudiant en pharmacie clinique à l'université de Palestine ; c'est mon héros, le grand frère que je n'ai pas eu. Il se souvient que quand il avait mon âge, les filles ne portaient pas toutes le voile, qu'elles pouvaient se baigner en maillot de bain si elles le souhaitaient. Il dit que désormais, les traditions pèsent trop sur nous, que sans elles notre religion pourrait être plus moderne, plus modérée. Mais Sultan ajoute qu'il est normal que nous nous soyons repliés sur nos traditions puisque nous sommes enfermés dans une prison, privés de nos droits essentiels.

Sabri, un autre de mes cousins, se met à chuchoter. Quand les parents seront rentrés, lui et ses copains iront acheter de l'alcool et un DVD porno. Sultan le considère avec sévérité avant de balancer :

— Il faut penser à notre liberté, pas à nous amuser !

D'un geste, Sabri balaie cette idée de liberté. Ce rêve que nous avons tous enfoui dans un coffre. Certains ont gardé la clef, d'autres ont préféré la jeter.

Bien sûr, nous pouvons essayer de quitter Gaza par Rafah et l'Égypte. Mais pour cela il faut de l'argent. Beaucoup d'argent.

Je m'aperçois que mamie s'est éloignée de la famille. Assise sur un muret, elle admire les étoiles. Je la rejoins, lui prends la main. Nous restons silencieux, la mer droit devant, le reflet de la lune à sa surface. La Méditerranée n'est même pas une échappatoire. L'an dernier, l'un de mes oncles a disparu pendant trois mois. Il est pêcheur, et nous avons cru que son bateau avait coulé, qu'il était mort noyé.

Il était simplement en prison pour avoir dépassé les 12 miles autorisés.

Car au large, les navettes israéliennes patrouillent sans cesse.

Marwa me serre contre elle.

Je suis né dans une prison. Pourtant, je ne me souviens pas avoir commis le moindre crime…

⋆
⋆ ⋆

7 octobre 2023 – 6 h 20

Ce sont les sirènes qui me réveillent. Nous avons l'habitude de les entendre dès qu'un missile est lancé depuis Gaza. Mais ils sont quasiment tous détruits par le Dôme de fer, notre défense antiaérienne.

J'ai eu une nuit agitée, comme chaque fois que Yossi n'est pas à la maison. Des angoisses, des cauchemars. Mes paupières se referment, j'essaie de me rendormir. Quelques secondes plus tard, la porte de ma chambre s'ouvre.

— Viens vite ! lance mon père.

Je saute du lit, j'attrape mon portable puis la main de Dori.

— Qu'est-ce qu'il y a ?

— Dépêche-toi !

Nous descendons l'escalier à toute vitesse, nous traversons le salon et entrons en trombe dans le *miklat*, la chambre forte, notre abri antimissiles. Sarah, ma mère, s'y trouve déjà, et mon père verrouille la porte.

— Qu'est-ce qui se passe ? répété-je.

— Ils ont lancé des roquettes, explique mon père. *Beaucoup* de roquettes…

Il me montre l'alerte sur son téléphone.

— Je les ai vues dans le ciel, ajoute-t-il. Je crois qu'ils ne pourront pas toutes les arrêter cette fois…

Depuis des années, notre *miklat* s'est transformé en bibliothèque, en salle de jeux et en chambre d'amis. Il y a donc un canapé convertible sur lequel je m'assois.

— J'espère que Nik va pouvoir se mettre à l'abri, s'inquiète ma mère.

— Oui, ne t'en fais pas, répond Dori.

Nous ignorons s'il faudra passer quinze minutes ou deux heures dans cette petite pièce sans fenêtre. Pour tuer le temps, j'envoie un SMS à Yossi : *Il est cool, le* miklat, *chez Noah ?* Puis un autre à Hassiya : *Ça va, mamie ? Vous êtes dans l'abri ?*

Une explosion lointaine me fait frémir. Ce missile-là, le Dôme de fer n'a pas su l'intercepter. Maman tente d'appeler Nik, mon grand frère. Quelques sonneries, puis le répondeur.

— Ils lancent des roquettes, mets-toi à l'abri, mon fils ! Et rappelle-moi pour me dire que tu vas bien !

C'est alors qu'un message arrive sur le portable de mon père, sur le groupe WhatsApp du kibboutz. Il le lit à voix haute, tandis que son visage se transforme :

— Les terroristes sont entrés dans…

Un hurlement atroce nous fait sursauter. Je coupe ma respiration, nous échangeons un regard paniqué.

Puis ce sont des cris en arabe. *Allah Akbar !*

— Ils sont là, dehors, murmure Dori.

Des coups de feu. D'autres cris. Terrifiés. Terrifiants.

— Ils sont venus nous massacrer ! gémit ma mère avec effroi.

Elle s'effondre sur le canapé près de moi, je vois la peur dans ses yeux. Ici, les murs et le plafond sont plus épais, mais la porte n'est pas blindée. Tout juste plus robuste que les autres. Cet abri est censé nous protéger d'un tir de roquette, pas d'une attaque d'hommes armés.

— Tsahal va arriver, affirme mon père. Ils vont venir nous sauver... Dans quelques minutes, ils seront là !

J'envoie un deuxième SMS à Yossi : *Il y a des terroristes dehors ! Tu es au* miklat *? Tout va bien ?* Sans attendre sa réponse, j'envoie un texto identique à ma grand-mère. Au même moment, ma mère essaie à nouveau d'appeler Nik, mais mon père l'en empêche.

— Ils pourraient nous entendre, chuchote-t-il.

Enfin, mon portable vibre. C'est la réponse de Yossi : *On est dans l'abri, on entend des tirs et des cris. Le père de Noah dit que l'armée va débarquer...*

Ce SMS me rassure, mon frère est en vie. En revanche, aucune réponse de Hassiya et d'Omer. Aucune nouvelle de Nik...

7 h 30

Toujours sur le canapé, je tremble comme une feuille. Nous restons silencieux, sauf quand mon père ou ma mère lisent un message d'une voix à peine audible.

Ils sont dehors… Ils tirent sur tout ce qui bouge… Ils essaient d'entrer dans les maisons… Où est l'armée ?

Oui, où sont ceux qui sont censés nous protéger ? Pourquoi personne ne vient nous défendre ?

Nous écoutons les rafales d'armes automatiques, les déflagrations des grenades, les explosions des roquettes qui continuent à s'abattre autour ou sur notre village.

Des larmes plein les yeux, je ne cesse de lire et relire le dernier SMS de Yossi, arrivé il y a quelques minutes : *J'aurais voulu qu'on meure ensemble.*

Enfin, je trouve la force de lui répondre : *On ne va pas mourir !*

Tout à coup, les voix en arabe résonnent à l'extérieur. Nous retenons notre respiration. Elles s'éloignent, je reprends une bouffée d'oxygène.

Combien d'heures va durer ce supplice ?

9 h 10

Bientôt trois heures que nous sommes enfermés ici.

Dehors, c'est toujours le chaos. Parfois, un moment de silence, plus effrayant encore.

Yossi continue de m'envoyer des textos, mes parents continuent de recevoir des nouvelles de nos voisins et amis. Des appels à l'aide.

Ils sont entrés chez nous ! Ils essaient de défoncer la porte du miklat… *Au secours ! Pourquoi personne ne vient… ? Ils mettent le feu aux maisons !*

Soudain, mon père chuchote :

— Je vais monter à l'étage, chercher des serviettes et de l'eau.

Dori jette un œil dans le salon et disparaît. Aussitôt Sarah verrouille la porte puis revient près de moi. J'aimerais qu'elle me serre contre elle, comme le ferait Hassiya. Mais elle se contente de caresser mes cheveux d'un geste nerveux qui ne me rassure pas du tout.

*

* *

9 h 15

Marwa et Akram, mes grands-parents, nous ont rejoints il y a une demi-heure. Nous sommes tous silencieux. Nous ne savons pas exactement ce qui se passe de l'autre côté des frontières de notre prison, mais ce que nous savons suffit à nous plonger dans la peur et l'angoisse.

Le Hamas est en train de frapper Israël, la guerre va à nouveau s'abattre sur nous. Nos geôliers vont tout verrouiller, couper l'eau, l'électricité et l'approvisionnement en nourriture. Puis leurs bombes vont détruire nos maisons, nos immeubles.

Nos vies.

Nous savons ce qui nous attend, aucun moyen d'y échapper. Nous sommes prisonniers, impuissants. Nous ne pouvons que redouter le déluge de feu qui va nous tomber sur la tête.

Nous ensevelir.

— Ça ne s'arrêtera jamais, murmure ma grand-mère. Jamais…

Elle verse une larme, je me blottis contre elle.

— Il faut acheter de la farine, dit soudain ma mère. Il faut acheter des kilos de farine !

Je la considère avec étonnement.

— Bientôt, il n'y en aura plus, ajoute-t-elle.

— Vas-y, Elias, ordonne mon père. Najat, Faten, vous l'accompagnez.

Maman me confie des pièces, tandis que mes sœurs couvrent leurs cheveux.

— On achète combien de kilos ?

— Autant que vous pourrez en porter.

*
* *

10 heures

Papa est revenu très vite. Pourtant, j'ai eu l'impression que son absence durait des heures. Il a rapporté des serviettes, des bouteilles d'eau, des couteaux de cuisine.

Papa a toujours dit qu'il ne voulait pas d'armes ici. Pas de revolver ni de fusil. Il a toujours dit qu'il voulait la paix, pas la guerre.

Nous entendons à nouveau des cris en arabe tout près de la maison. Une fois encore, nous cessons de respirer. Puis ce sont des coups dans la porte d'entrée, les volets.

Je découvre la peur. La vraie. Celle de mourir.

J'essaie de rester calme, de ne surtout pas hurler. Alors, je chuchote dans ma tête : *C'est rien, Aya. C'est juste ton cœur qui va s'arrêter, ça ne durera pas longtemps, tu verras… Tu monteras au Paradis et tu y attendras Hassiya, Yossi et Noah. Tu y attendras papa et maman…*

Dori saisit la bibliothèque et Sarah l'aide à la pousser contre la porte de notre abri. Ils traînent ensuite le canapé pour le coller au meuble. Puis ils prennent un couteau de cuisine chacun, prêts à se battre jusqu'à la mort, à sacrifier leur vie pour sauver la mienne.

Je tremble de plus en plus. J'ai du mal à écrire le texto à Yossi.

Le dernier.

Ils sont chez nous, mon frère. Ils sont dans la maison. Adieu, mon Yossi. Je t'aime.

Puis je dis au revoir à Hassiya. *Adieu, mamie chérie. Adieu…*

Les terroristes ouvrent les portes, renversent les meubles, cassent la vaisselle. Quand ils tirent dans les murs, je me bouche les oreilles.

Ils approchent de notre abri. Des coups de butoir résonnent contre la porte du *miklat*.

Cette fois, c'est fini…

*
* *

10 h 35

Depuis notre petit balcon, je regarde du côté de la frontière. Je ne peux pas la voir, bien sûr, mais j'aperçois de la fumée dans le ciel.

En bas, des jeunes scandent leur joie au milieu de la rue. Comment peuvent-ils se réjouir de la guerre qui arrive ? Comment peuvent-ils fêter le cauchemar qui s'annonce ? Je me rappelle alors une phrase de mon cousin Sultan : *Je préfère mourir que vivre en cage.*

Et moi, je ne sais plus quoi penser. Est-ce que la mort m'apportera la liberté ?

Je retourne à l'intérieur et m'assois tout près de Marwa, ma grand-mère. Je prends sa main dans la mienne et la serre très fort. Je ne me souviens pas de la guerre de 2014, j'étais trop petit, mais je me souviens très bien de 2018 puis de 2021… Les bombes, les tirs des soldats sur les manifestants désarmés, les gravats qui puent la mort, les blessés, les amputés et les cadavres.

Je me souviens de la peur. La même que celle qui m'étrangle depuis ce matin.

— Ils vont bombarder dès cette nuit, prévient mon père.

À peine a-t-il fini sa phrase qu'un énorme bruit secoue la ville. Les murs tremblent, mamie me prend dans ses bras, comme si son corps pouvait me protéger des bombes.

Ils n'ont pas attendu cette nuit, finalement…

*
* *

13 h 10

Je crois que c'est un miracle.

Ils n'ont pas réussi à ouvrir la porte, ils n'ont pas insisté. Papa a placé des serviettes mouillées au cas où ils mettraient le feu à notre maison en la quittant, pour qu'on ne soit pas asphyxiés par la fumée et obligés de sortir du *miklat*.

— Ils sont partis, hein ?

— Chut ! ordonne ma mère. Tais-toi.

Je replonge dans le silence, les yeux rivés sur l'écran de mon téléphone qui n'a presque plus de batterie. J'attends désespérément des nouvelles de Yossi, de Hassiya, de Nik.

Une rafale de fusil automatique me fait sursauter. Je pousse un cri et maman plaque aussitôt sa main devant ma bouche. Nous avons de plus en plus de mal à respirer. Il fait une chaleur suffocante, nous manquons d'oxygène.

Mon téléphone m'indique qu'il est 13 h 30. Celui de Yossi doit être déchargé.

Oui, ça doit être ça. C'est forcément ça.

Ça ne peut pas être autre chose.

Hassiya et Omer n'ont sans doute pas eu le temps de prendre le leur avant de se rendre dans l'abri. Quant à Nik, il doit simplement dormir après avoir passé sa nuit à danser.

Trouver une explication aux silences terrifiants.

C'est forcément ça.

Ça ne peut pas être autre chose…

15 h 30

— Tsahal, ouvrez !

Papa se précipite vers la porte, mais attend que le soldat lui parle de nouveau en hébreu avant d'ouvrir.

Ils sont là, enfin. Dans le salon aux fenêtres brisées, une dizaine de militaires. Dehors, des échanges de tirs, une épaisse fumée, une odeur âcre. Alors que nous allons sortir, une roquette tombe à trois cents mètres de nous. Puis un tir détruit la dernière vitre de notre véranda.

— Retournez dans l'abri ! s'écrie le soldat.

Nous courons vers le *miklat*, papa referme la porte. Nous revoilà prisonniers.

— Ils sont là, on est sauvés ! dit mon père.

Je m'assois contre le mur et consulte encore l'écran de mon téléphone, qui ne tardera plus à s'éteindre. Ma mère essaie d'appeler Yossi, Nik, mes grands-parents, nos voisins. Chaque tentative est un échec douloureux. Et la peur prend soudain le visage des êtres aimés…

19 heures

— Baissez la tête ! ordonne le soldat.

Je tiens la main de mon père et nous sortons, encadrés par quatre militaires. Au loin, les échanges de tirs se poursuivent.

Même si j'ai la tête baissée, je vois.

Les cadavres sur les pelouses. Le sang sur le sol et les murs.

Je vois.

Les maisons et les arbres en flammes.

Un brasier. La mort. La destruction.

Où est notre paradis ?

Je marche et, au milieu de mes larmes, je vois.

L'enfer.

*

* *

20 h 30

Les flammes se reflètent dans les grands yeux de ma sœur Najat. La fumée brûle nos poumons. Est-ce que la prochaine bombe sera pour moi, pour nous ? Serai-je encore vivant demain ?

Je m'éloigne de la fenêtre et me laisse tomber sur un vieux coussin. Mes parents et mes sœurs ont préparé quelques affaires. Mais pour aller où ?

Marwa et Akram sont retournés dans leur appartement, j'ai tenté de les retenir. La présence de ma grand-mère me rassure. Elle m'a toujours rassuré. J'aurais tant voulu qu'elle reste près de moi, cette nuit.

J'aurais seulement voulu qu'on meure ensemble…

* * *

Je m'appelle Ayala, j'ai douze ans. Il y a quelques jours encore, je vivais dans un village qui ressemblait à un jardin enchanté.

Omer veillait sur ses citronniers, ses mandariniers, ses figuiers et ses oliviers.

Son verger a brûlé. Tous ses arbres sont carbonisés.

Hassiya avait pour habitude de dire que notre village était un paradis sur terre. Une oasis au milieu du désert.

Son paradis est parti en fumée.

Mes grands-parents sont morts le 7 octobre, criblés de balles devant leur maison.

Eux qui avaient toujours milité pour la paix avec les Palestiniens.

À 6 h 10, les premiers missiles sont tombés sur la rave party, les assaillants sont arrivés peu après. Nik a réussi à rejoindre sa voiture et, avec quelques amis, il a pris la fuite par la route 232 qui longe la bande de Gaza. Autour de lui, les gens tombaient, les uns après les autres. Il a pris la direction d'un kibboutz où les combattants du Hamas ne sont pas parvenus à entrer. Il s'y est caché toute la journée.

Je m'appelle Ayala, j'ai douze ans.

Je suis amoureuse de Noah, tellement mignon avec ses grands yeux verts et son joli sourire…

Il est mort dans l'incendie de sa maison, avec ses parents, ses deux sœurs.

Je m'appelle Ayala, j'ai douze ans.

Mon frère jumeau s'appelait Yossèf, mais tout le monde le surnommait Yossi.

J'espère qu'il n'a pas souffert.

Parce que, moi, on m'a arraché le cœur, on m'a coupée en deux. Je ne suis plus qu'une déchirure, une plaie béante. Et ça ne fait que commencer.

Qu'avais-je fait pour mériter ça ?

*

* *

Je m'appelle Elias, j'ai douze ans. Je suis né dans une prison qu'on appelle Gaza.

Le 10 octobre, une bombe est tombée à quelques rues de mon immeuble. Les murs ont tremblé, j'ai hurlé avant de me réfugier sous la table.

Marwa disait toujours qu'ici c'est l'enfer.

Elle ne dira plus jamais un mot. Je n'entendrai plus jamais sa voix. Ni celle d'Akram, mon grand-père. Ils gisent désormais sous des tonnes de gravats.

Il y a trois jours, mon père et Faten sont allés chercher de la nourriture. Un drone a bombardé une voiture qui passait dans la rue, blessant mon père et tuant ma grande sœur.

Ce matin, j'ai enfilé mon maillot Ronaldo, j'ai pris mon sac et j'ai suivi mes parents et mes deux sœurs. Nous avons quitté notre appartement et je sais que je ne le reverrai jamais. Je marche derrière ma famille, en silence et en larmes. Ils nous ont ordonné d'évacuer Gaza City, de partir vers le sud.

Au milieu des ruines, je m'attarde près d'un corps mutilé qui gît sur le trottoir. Dans sa main droite, une grosse clef dorée.

La clef du paradis.

Je m'appelle Elias, j'ai douze ans.

Tout en marchant, je répète dans ma tête : *C'est rien, Elias. Ton cœur va seulement s'arrêter et tu rejoindras Marwa. Là-haut, elle te fera des brioches, des gâteaux et des pains à l'anis.*

Je me demande si ce sera rapide ou douloureux. J'espère juste que je partirai en premier. Avant Najat, Maram, papa ou maman.

Je m'appelle Elias, j'ai douze ans. Je sais que je vais mourir, j'ignore encore comment.

Une bombe, un sniper, la soif ou la faim.

Pourtant, je n'ai commis aucun crime…

Raphaëlle GIORDANO

« Tous dans le même bateau »

Écrivaine, Raphaëlle Giordano est une créative accomplie. Les mots, les images, les concepts sont son terrain de jeu. Diplômée de l'École supérieure Estienne en Arts appliqués, elle est d'abord conceptrice-rédactrice en agences de communication, avant de monter sa propre structure dans l'événementiel artistique et le coaching créatif. Elle a fait une entrée fracassante en littérature avec son premier roman, *Ta deuxième vie commence quand tu comprends que tu n'en as qu'une*, best-seller international depuis 2015. Son dernier roman, *Et ils vécurent heureux malgré tous leurs enfants*, a paru en octobre 2024 aux Éditions Récamier.

Roger revient de sa courte balade matinale. Toujours la même. Sans jamais trop s'éloigner du centre-ville. Juste le petit tour nécessaire pour acheter des vivres. Le minimum. Du pain. Quelques boîtes de conserve. Du prêt à réchauffer. Cassoulet, choucroute. Du froid aussi. Encore mieux. Encore moins d'efforts à fournir avec les sardines et les anchois à l'huile. Il déteste les laitages mais il lui arrive de prendre plaisir avec un morceau de camembert. Pour les légumes, c'est trop lui demander. Pour ça, il a de la chance : Marcelle lui apporte de la soupe régulièrement. Lui, il ne veut voir personne. Mais pour elle, il fait une exception. Il ne veut pas s'avouer qu'au fond il l'aime bien, lui qui s'est juré de n'aimer plus personne. Elle est bénévole à la paroisse. Elle est si âgée qu'elle n'a plus d'âge. Ça le touche d'imaginer ses vieilles mains fripées aux doigts noueux peler et couper pour lui tous ces légumes, les mettre à cuire, les mixer, y adjoindre une once de crème pour l'onctuosité. Comme si la douceur venait de la crème ! Cette dame a la bonté de ceux qui n'attendent rien en retour et sa soupe n'a pas le gout âcre de la mauvaise charité qui donne honte de soi à celui qui la reçoit. Ce potage goûteux a les saveurs oubliées de l'enfance, quand la mère met de l'amour dans les plats pour nourrir le cœur et l'âme autant que le ventre. La brave Marcelle s'inquiète pour lui. Il le voit dans ses vieux yeux attaqués par la cataracte qui le fixent comme en attendant un miracle. Qu'il arrête donc de s'enfermer, de se couper du monde comme ça ! Elle l'a connu en culottes courtes. À tous les âges de la vie. Pourtant, depuis le drame, elle ne le reconnaît plus. Le monde de Roger s'est rétréci comme peau de chagrin. Tel est son désir, à lui qui ne désire plus rien : être seul avec sa douleur. La vieille dame s'indigne : il est bien trop jeune pour s'enterrer vivant dans son atelier. De nos jours, cinquante ans, c'est le bel âge ! Et s'il prenait un peu soin de lui, Roger serait encore bel homme. Mais rien n'y fait. Roger se carapate dans son atelier. Sa vie prend l'eau et il écope comme il peut l'amertume et les écumes de ses afflictions.

Roger est navibotelliste à Locquirec, jolie presqu'île du Finistère. Cet art est né vers la fin du dix-neuvième. Les marins des long-courriers cherchaient un moyen de mettre à profit leurs moments de liberté en s'occupant les mains. En d'autres termes, ils meublaient l'ennui. C'est ainsi qu'ils ont commencé à reproduire des bateaux avant de les introduire à l'intérieur d'anciennes bouteilles.

Roger, lui, s'est lancé à corps perdu dans cette activité il y a dix ans. À la mort de sa femme. Emportée *bêtement* par une vague sur la corniche, un jour de gros temps. Comme s'il y avait une manière *intelligente* de mourir. Elle venait d'avoir quarante ans. Elle en paraissait trente, avec ses joues pleines et rondes qui appelaient les baisers, ses taches de rousseur moqueuses, qu'elle semblait s'être amusée à dessiner en grattant une brosse à dents pour projeter des gouttelettes d'encre brune. Sans parler de ses yeux espiègles qui savaient si bien le piéger dans ses affectueux filets, et de sa joie de vivre si effervescente qu'on aurait pu s'attendre à trouver des petites bulles pétillantes dans ses veines. Et ses lèvres ? Ses lèvres ourlées, ses lèvres-à-pécher… Ses lèvres drapeau rouge, interdites à tout autre que lui, étendard de sa féminité, qui faisaient nager ses sens en eaux troubles même après tant d'années. Ils avaient tout essayé pour avoir un enfant, son Amélie et lui. Un vrai parcours du combattant. PMA, FIV, autant d'acronymes barbares pour décrire une expérience tout aussi barbare. Longue, éprouvante, démoralisante. Qui s'est soldée par un échec. Et maintenant Amélie est partie sans rien laisser derrière elle. Sans la consolation d'un enfant en qui il aurait pu retrouver une part d'elle. Depuis ce jour maudit, il est anéanti et n'a rien fait pour tenter de s'en sortir. Comme un bateau, il se laisse couler doucement. Il n'attend plus rien de la vie. Il a le cœur desséché, exsangue, déjà six pieds sous terre. Il ne sort quasiment plus. Ne met plus jamais les pieds à la plage. Trop de souvenirs le hantent. Il est fâché avec la mer, qu'il a tant aimée et qui lui a pris ce qu'il avait de plus précieux.

Plus d'une fois, il a eu envie de mettre les voiles, lui aussi. Plus simple à dire qu'à faire. Une fois, il a regardé d'un peu trop près la falaise du Corbeau. Il a avancé un pied dans le vide. La déferlante de vagues déchaînées se fracassant en contrebas sur les rochers ressemblait aux crocs acérés d'un démon des abysses. Il en a encore des sueurs froides. Ce jour-là, le vertige l'a saisi à la gorge et l'a projeté au sol, prostré et tremblant de la tête aux pieds. Il a compris qu'il n'arriverait pas à en finir.

À croire que la vie veut s'amuser encore un peu à le mettre à l'épreuve. Une éternité de minutes le sépare de la délivrance pour enfin retrouver son Amélie au paradis. Son quotidien sent le renfermé, coincé entre les quatre murs de son atelier, et lui-même finit par ressembler à ses figurines emprisonnées à l'intérieur des carafes de verre. Ça prend tellement de temps de mettre ces maquettes en bouteille ! Ça tombe bien. C'est la seule chose qu'il a encore la force de faire : tuer le temps. Conserver ces navires miniatures en vase clos, en attendant qu'on le mette en boîte, lui aussi, un jour prochain. L'ironie morbide lui fait grincer des dents. Il doit se résoudre à prendre son mal en patience. Parfois, il les boit, ces foutues bouteilles. Il s'offre ainsi quelques heures de répit. Mais comme avec toute anesthésie, les réveils sont douloureux. L'alcool a l'inconvénient de faire trembler les mains. Pas très recommandable pour un navibotelliste. Si les bateaux en bouteille ne sont pas parfaitement construits, il ne peut pas les vendre, or il ne peut se permettre de perdre son seul moyen de subsistance. Alors, il se prive aussi de ce petit plaisir, pour se garantir au moins une vie décente. Il ne se sent pas de rajouter à sa détresse l'immense désarroi d'une vie de pauvre hère.

Depuis qu'il n'a plus son âme sœur à ses côtés, tout s'est figé. Lui aussi s'est figé. Il ne veut plus avoir affaire au monde des humains. Il a toujours trouvé que les objets avaient une âme. Les objets, c'est drôlement rassurant. Ils restent auprès de vous jusqu'au bout. Ils ne vous abandonnent pas en cours de route. De temps en temps, un brocanteur qui lui a mis de côté quelques spécimens rares de flacons passe en ville. Alors, pendant de brefs instants, des éclairs fugaces de ce qui s'apparente à une joie sourde dansent dans ses yeux. Rideau trop vite refermé. Les prunelles se rembrunissent vite.

Un jour qu'il est affairé à l'insertion complexe d'un quatre-mâts en plusieurs morceaux, Marcelle fait irruption sans frapper dans son atelier de plain-pied sur la rue pavée.

— Roger, lève un peu le nez deux secondes, j'ai à te parler !

L'homme ne bronche pas et émet quelques borborygmes de contrariété d'être ainsi dérangé dans son labeur.

— Tu m'écoutes ? Y a une dame qui va passer à l'atelier dans l'après-midi. Je lui ai dit qu'elle pouvait.

— Qu'elle pouvait quoi ?

— Venir te voir pour un travail.

— Je cherche pas de travail.

— Joue pas sur les mots, Roger ! C'est une demande. Une demande un peu particulière.

— Une commande de navire rare ?

— Pas tout à fait, mais elle t'expliquera ça tout à l'heure. Je voulais juste te prévenir que tu auras de la visite.

La vieille dame s'enfuit à toutes jambes – ce qui n'est pas sans lui demander un certain effort au vu de son arthrite – avant que la mauvaise humeur de Roger ne la rattrape.

Il a beau bien aimer Marcelle, il lui en veut de lui ramener des gens. Il a pourtant été clair ! Il ne veut voir *personne*. Il déjeune de raviolis en boîte puis se remet à son ouvrage. Les heures passent sans qu'il relâche son attention. Les grandes voiles de ce modèle lui donnent du fil à retordre et il est si concentré qu'il n'entend pas frapper. Une femme entre timidement.

— Monsieur ?

Rien. Elle s'approche et l'appelle plus fort. Roger sursaute et la pince lâche le délicat morceau de coque, qui se perd à l'intérieur de la bouteille. Il jure. Elle se raidit.

— Qu'est-ce que vous voulez ? aboie-t-il.

— C'est… c'est Marcelle qui m'a conseillé de venir vous voir.

— C'est pour quoi ?

Il la dévisage durement jusqu'à voir tressaillir les traits tristes et cependant gracieux de son improbable visiteuse.

— Marcelle m'a dit que vous étiez un bricoleur hors pair.

Le mot bricoleur lui arrache un sourire narquois.

— Ah oui ? Bricoleur, c'est comme ça qu'elle me présente ?

— C'est pour l'anniversaire de ma petite fille, elle va avoir huit ans et…

— Elle veut un bateau en bouteille c'est ça ?

— Pas exactement… Son rêve, ce serait que vous lui construisiez le plus beau des cerfs-volants !

— Je fabrique pas ça.

Le refus est sans appel. La femme rassemble son courage et ses mains se joignent en une supplique muette pour le convaincre, tout obtus qu'il semble être.

— Je sais bien que ce n'est pas vraiment votre spécialité, mais vous êtes si habile de vos mains et un cerf-volant, qu'est-ce d'autre que quelques baguettes de bois, des bouts de voile et du fil comme pour vos maquettes ?

— Pourquoi vous n'allez pas en acheter un à la boutique de souvenirs du coin ? Ils en vendent avec des mickeys et des abeilles.

Le ton goguenard n'échappe pas à la dame.

— Ma petite fille veut absolument un modèle unique au monde et fait main…

— Elle serait pas un peu capricieuse, votre gamine ?

— Elle vient de perdre son père…

Roger en oublie de parler. Un ange passe avant qu'il ne reprenne ses esprits.

— Écoutez, je comprends. Mais je ne fais pas ça. Je suis désolé. J'ai déjà beaucoup de travail.

Les yeux de la femme trahissent sa déception, pourtant elle n'insiste pas. Il se remet à sa tâche et entend juste le carillon de l'entrée tintinnabuler après le départ de l'importune.

— Bon vent ! lâche-t-il avec une aigreur teintée malgré tout de quelques remords.

Le lendemain, tandis que Roger s'affaire à passer un coup de balai dans l'atelier, il aperçoit la silhouette de la femme s'arrêter devant sa porte vitrée et, perdue dans ses jupes, une gamine échevelée aux yeux immenses d'un noir hagard, qui le fixe.

Mère et fille le toisent sans pénétrer dans l'atelier. Roger se tient immobile lui aussi, le souffle court. Qu'est-ce qu'elles viennent faire ici, ces deux-là ? N'a-t-il pas été assez clair la veille ? Il ne prend pas les commandes spéciales ! Tout ce qu'il veut, c'est avoir la paix. Maintenant, il craint qu'elles ne pénètrent de force dans son antre et que la mère ne lui inflige une longue tirade pressante et oppressante pour obtenir gain de cause. Hors de question ! Alors qu'il s'apprête à sauter lâchement sur le verrou de l'atelier pour en interdire l'accès, la fillette s'accroupit pour glisser une enveloppe sous la porte, puis sa petite main se glisse dans celle de sa maman, et leurs silhouettes s'éloignent sans un bruit, comme des ombres prêtes à s'évanouir dans les brumes marines. Contrarié, il met plusieurs minutes avant de s'approcher du pli. La curiosité finit par l'emporter. Il tâte le contenu pour tenter de deviner ce qu'elle peut bien contenir. Il sent une épaisseur matelassée et rectangulaire. Il décachète l'enveloppe et une liasse de billets lui tombe dans les mains, ce qui a le don de le mettre aussitôt hors de lui. Pour qui le prenait-elle ? Il peste, à deux doigts de tout jeter à la poubelle, lorsqu'il se rend compte qu'une feuille de papier est coincée à l'intérieur. Il la retire, la déplie et… bouche bée, découvre une écriture malhabile et un dessin d'enfant. *S'il te plaît, monsieur, fabrique-moi le plus beau des cerfs-volants, avec tes plus belles voiles, ton meilleur bois, et ton meilleur fil, pour qu'il puisse voler jusqu'au ciel, dire bonjour à mon papa.* Roger se sent pris à la gorge. Les yeux lui piquent d'imaginer la gamine avec ce rêve plus grand qu'elle, puéril et déchirant. Puis non. Il ne veut pas de cette larme écrasée. Il refuse de céder à ce qui n'est ni plus ni moins qu'un chantage affectif ! Il se répète en boucle l'argument jusqu'à ce qu'il porte définitivement jusqu'à son cerveau. Le bouclier est bien en place. Il ne manquerait plus qu'il se mette à larmoyer ! Il traîne déjà sa vie comme un fardeau. Il a fait en sorte de se rendre hermétique à toute émotion. Il a eu son compte ! Il a mangé son pain noir pour toute une vie. Il n'a pas envie de partager celui des autres. La môme a une lubie, voilà tout. Elle serait tout aussi contente avec n'importe quel autre cerf-volant de supermarché ! Il en voulait à Marcelle de les avoir envoyées jusqu'à lui. Elle aurait dû savoir qu'il ne prendrait pas cette demande et générerait de la déception ! Comme s'il n'avait pas déjà l'âme assez lourde ! Demain, il irait rendre l'argent. La mère a indiqué son téléphone au dos de l'enveloppe. Voilà. La ligne de conduite est toute tracée. Cependant, la nuit est agitée de tergiversations. Au matin, il appelle la femme pour lui donner rendez-vous au café près de l'église. Elle le voit arriver de loin et lui adresse un timide sourire – une éclaircie d'espoir sur son visage. Celui de Roger est illisible. D'un coup sec, il abat devant elle, sur la table, l'enveloppe pleine de billets.

— Je ne veux pas de votre argent.

Elle pâlit, se décompose et sans attendre éructe des propos véhéments.

— Je comprends surtout que vous n'avez même pas été touché par la demande de ma fille, ni par le temps qu'elle a passé pour écrire ces quelques lignes et vous faire ce dessin, alors qu'elle déteste dessiner !

— Mais… je…

— Ne m'interrompez pas ! Comment pouvez-vous rester insensible de la sorte ? Vous n'avez donc vraiment pas de cœur ? Marcelle m'avait prévenue que vous étiez « spécial », elle ne croyait pas si bien dire !

Roger a l'impression qu'il ne pourra jamais endiguer le flot de paroles qui sort de sa bouche. Il n'a d'autre choix pour l'arrêter que de presser fermement sa main sur l'avant-bras de la femme. Le geste la surprend, si bien qu'elle se tait. Il se penche vers l'avant pour braquer sur elle un regard franc et perçant. Elle déglutit. Il détache ses mots avec un soin particulier.

— J'ai dit que je ne voulais pas de votre argent. Ça ne veut pas dire que je vais pas créer le cerf-volant de la petite.

La jeune veuve rougit et bafouille de confusion.

— Je... je ne comprends pas ! Vous voulez dire que vous acceptez de le réaliser…

— Pour rien, c'est bien ça.

Content de son petit effet, Roger desserre son étreinte sur l'avant-bras et cale son dos dans le fond de la chaise de bistrot. Il attend une réaction qui ne vient pas.

— Vous étiez plus bavarde à l'instant.

— Excusez-moi… Je ne sais plus quoi dire, vraiment, c'est… tellement gentil de votre part… Mais c'est trop, je ne peux pas accepter.

— Arrêtez de minauder. Si je vous dis que ça me convient, c'est que ça me convient. J'attends pas de ronds de jambe ni de remerciements. Si je le fais, c'est que j'ai mes raisons aussi, d'accord ?

Il sait se montrer convaincant. Elle capitule, trop heureuse d'imaginer le projet de sa fille se concrétiser.

— Au fait, je m'appelle Charlotte et ma fille Amy.

— Venez toutes les deux à l'atelier demain. On fera la conception du cerf-volant ensemble.

Il se lève et s'en va en adressant à la jeune femme un simple signe de tête poli.

Le lendemain, mère et fille sont au rendez-vous. La petite Amy, du haut de ses presque huit ans, sait parfaitement ce qu'elle veut. Roger sourit en son for intérieur de son autorité naturelle. À quatre heures, Marcelle les rejoint dans l'atelier. Elle guette Roger du coin de l'œil, pour voir comment il se sent. Quelque chose brille dans son regard, éteint depuis si longtemps. Elle propose à Amy d'aller en ville avec elle acheter une crêpe pour le goûter. Restés seuls, Roger offre une tasse de thé à Charlotte. Un acte de civilité revenu de nulle part, d'une époque heureuse et révolue. Elle ne refuse pas. Ils boivent le liquide brûlant en silence, à petites gorgées pudiques. L'intimité s'immisce entre eux sans qu'ils l'aient voulu. Sans doute l'effet de leur drame personnel qui les lie malgré eux.

— Marcelle m'a raconté que vous aviez perdu votre femme…

Pourquoi Marcelle n'a pas tenu sa langue ? Il acquiesce mais ne répond rien.

— C'est si dur… Le papa d'Amy nous a quittées il y a bientôt un an. Mais on ne s'en remet toujours pas. Et vous, ça fait longtemps ?

— Dix ans, répond-il d'une voix blanche.

Elle l'observe à la dérobée, lit ses blessures dans chaque repli de son visage, les commissures de ses lèvres, les sillons creusés par le chagrin. Puis elle prononce cette phrase étrange :

— Vous savez, *on est tous dans le même bateau.*

Il la regarde, interloqué.

— Quel bateau ?

— Le bateau de l'existence, sourit-elle avec cet air entendu des vieux philosophes férus de métaphores. Il traverse tantôt des mers d'huile, tantôt des mers déchaînées, il nous berce ou tangue comme un beau diable, mais ce qui est sûr c'est qu'on est tous à bord, et même si l'on rame, on est bien obligés d'avancer !

Son bon sens implacable le laisse sans voix.

— Parce que vous arrivez à aller de l'avant ?

Marcelle revient à ce moment-là avec Amy – la raison vivante pour aller de l'avant, comprend-il en regardant la bouche pleine de Nutella de la fillette. La gourmandise a chassé la gravité de son visage.

Quelques jours après, le cerf-volant est prêt. Il attendra encore un peu. Puis arrive le jour J de l'anniversaire. Charlotte et Amy déboulent à l'atelier et veulent entraîner Roger sur la plage pour étrenner le cadeau volant. Il ne veut pas. Il ne va plus jamais au bord de la mer. Charlotte s'approche de lui jusqu'à voir ses pupilles rétrécir.

— Vous voulez vraiment continuer à vivre comme un bigorneau dans sa coquille ?

— Oui, se braque-t-il, buté.

— Vous allez finir comme vos modèles enfermés dans leur bocal. Tout pourri, tout moisi !

— Ils sont pas pourris, mes bateaux ! s'offusque-t-il.

Elle sourit, contente de l'avoir forcé à réagir. Elle explique à Amy que Roger ne peut pas venir. La petite est déçue mais s'éloigne en tenant fièrement son cerf-volant en forme d'oiseau de paradis. Sur la plage, Charlotte essaie de lancer l'aérodyne... En vain. Après six tentatives et six échecs, l'éclaircie sur le visage de la petite a disparu. Sa voix chevrote et les larmes menacent. La déception est immense.

— Je voulais que papa puisse le voir ! gémit-elle.

La mère, mue par l'élan sauvage de réaliser le rêve de sa fille, essaie une ultime fois de projeter le cerf-volant dans les airs.

— Ce n'est pas comme ça qu'il faut faire, lance une voix derrière elle.

Roger est là. Il lui prend la ficelle des mains et, rapidement, l'oiseau s'envole jusqu'aux cieux. Amy tournoie sur elle-même, ivre de bonheur. *Papa ! Papa ! Je t'aime, papa !* Charlotte, rayonnante, se tourne vers Roger et lui adresse un sourire qui le transperce.

Roger chavire un court instant. Quelque chose lui a cogné le cœur. Une émotion, peut-être. Il ne sait plus très bien. C'était il y a longtemps. C'est léger, léger, la joie, comme un cerf-volant ! Le désespéré lance des bouteilles à la mer pour tenter d'être secouru. Roger, lui, se contentait d'y mettre des petits bateaux. Puis un jour l'espérance est venue frapper à sa porte. Et depuis lui dessine des lendemains pleins de promesses.

Christian JACQ

La Maison d'Orient

Né à Paris en 1947, Christian Jacq découvre l'Égypte à treize ans à travers ses lectures, et se rend pour la première fois au pays des pharaons quelques années plus tard. L'Égypte et l'écriture prennent désormais toute la place dans sa vie. Son premier succès, *Champollion l'Égyptien*, a suscité la passion des lecteurs en France comme à l'étranger, tout comme ses autres grands romans égyptiens. Son dernier ouvrage, *Le Lotus d'or et les trois pyramides du pharaon Snéfrou*, a paru en octobre 2024 aux Éditions XO.

« Tous dans le même bateau », dit-on.
Encore faut-il qu'il soit solide
et que son capitaine nous guide
dans la bonne direction.
Pourquoi pas la Maison d'Orient ?

Un moment magique. Sans doute le plus magique que Mark, géographe spécialisé dans l'étude des principaux fleuves de la planète, avait déjà eu l'occasion de vivre de nombreuses fois, et dont il ne se lassait pas. À l'approche du couchant, il descendit un escalier menant à la berge, se hâta de longer des bateaux amarrés et de gagner un quai isolé et dégagé. Il s'assit pour contempler le spectacle, qui ne durerait pas longtemps mais ne décevait jamais.

Le soleil descendit rapidement, inondant le ciel d'une myriade de couleurs allant du rouge intense à un doux orangé. Certaines nuances ne déployaient leurs enchantements que quelques secondes, attirant l'âme vers la paix de l'Occident où, cependant, l'astre déclinant livrerait un féroce combat contre le dragon des ténèbres. En cas d'échec, la lumière ne renaîtrait pas.

Voulant croire à cette victoire, Mark ne sombra pas dans la désespérance et se laissa absorber par la magnificence de cette symphonie colorée que créait le ciel de Louxor.

À cause des perturbations climatiques provoquées par la construction d'un monstre, le haut barrage d'Assouan, cette célébration cosmique n'était plus, comme naguère, tous les soirs au rendez-vous. Aussi convenait-il d'apprécier le miracle quand il se produisait, avec sa splendeur d'antan.

Après avoir bourlingué sur tous les continents, le géographe en revenait toujours au Nil, ce fleuve unique, animé par une énergie divine, que les Anciens comparaient à un jeune homme amoureux qui, lors de la crue, déposait sa semence sur les rives pour les féconder et rendre le pays prospère.

Épuisé, le vieux soleil s'enfonça dans les profondeurs. Épuisé, Mark l'était également. La planète de son enfance ne ressemblait pas à un paradis peuplé de gens souriants et charitables, mais la situation s'était considérablement aggravée. Expansion du fanatisme, guerres, atrocités en tout genre, bêtise triomphante... Selon l'expression sportive, Mark avait envie de raccrocher les crampons. Ce monde, qu'il avait parcouru avec passion, ne l'intéressait plus. Combien de fois avait-il alerté les autorités sur l'inéluctable disparition de l'eau potable, combien de rapports avait-il rédigés sur les conflits et les épidémies que cette situation engendrerait ? Peine perdue. Prises dans des carcans administratifs et gangrenées par des forces obscures, les grandes institutions internationales avaient d'autres chats à fouetter.

La décision du géographe s'imposait : quitter le champ d'une bataille définitivement perdue, entrer dans le silence, et sentir la vie passer à travers lui jusqu'au jour où ce flux s'interromprait. Pour un battant qui avait plusieurs fois frôlé la mort dans des contrées dangereuses, un changement de « point d'assemblage » des plus brutaux.

Le bonheur ne s'était-il pas façonné dans une oasis de clartés ? Or, ces clartés, Mark les avait découvertes ici même, en parcourant les temples de la rive est, l'immense Karnak étant relié par une allée de sphinx à celui de Louxor.

Comment ne pas se sentir dépassé et ramené à sa petitesse ? Face aux colosses de pierre qui avaient fatigué le temps, les vanités humaines semblaient dérisoires.

La nuit tombée, Mark quitta le quai, monta l'escalier et se promena, abandonné à son errance. Il n'était plus qu'une feuille détachée de son arbre, voguant au gré du vent chaud.

Soudain, il la vit.

Combien de fois était-il passé devant elle sans la remarquer ? Pourtant, elle se trouvait là depuis longtemps et, dès son premier voyage, il l'avait aperçue, indifférent.

Une vieille demeure bâtie par les Anglais, une villa au charme suprême que l'on dit indéfinissable, avec sa tourelle, ses balcons, ses murs d'un rose fané, ses fenêtres étroites, son perron. Il ne lui manquait qu'une pelouse. Derrière elle, un palmier.

La Maison d'Orient.

Délabrée et menaçant ruine, mais soudain tellement attirante ! Le point d'aboutissement de voyages incessants, le lieu où jouir enfin de la paix de l'âme.

*
* *

Après l'aube, une brève période de fraîcheur revigorante, avant que le soleil, ressuscité, ne règne en maître dans un ciel dégagé. Agité par une brise, le Nil sortait de sa torpeur. La circulation augmentait progressivement, une première calèche emmenait des touristes à Karnak.

Mark, lui, se dirigea vers la Maison d'Orient, devant laquelle se tenait un policier, entièrement vêtu de noir et armé d'une kalachnikov assez ancienne. Coiffé d'une sorte de béret, moustachu, il n'avait pas l'air aimable.

— Est-il possible de visiter cette demeure ? demanda le géographe.

— Non.

— Pour quelle raison ?

— Je n'en sais rien.

— Vous ne savez pas pourquoi vous montez la garde ?

— J'ai des ordres.

— On pourrait s'entendre. Si vous me laissez entrer quelques minutes, je me montrerai généreux.

— Personne ne peut entrer.

Mark proposa une somme raisonnable, mais, à sa grande surprise, le militaire refusa, et devint menaçant.

— Éloignez-vous.

— Qui est le propriétaire de cette maison ?

— Je l'ignore. Partez.

Le ton ayant monté, il était inutile de provoquer un incident. Lors de ses nombreuses missions dans des pays plus ou moins accueillants, Mark avait appris à faire profil bas pour obtenir ce qu'il désirait, en utilisant deux armes : le doigté et la patience.

Premier impératif : apprendre à qui appartenait la bâtisse. Ensuite, envisager soit un achat, soit une location. À partir du moment où une discussion était entamée, il y avait toujours une solution.

Commença alors le plus pénible des parcours : suivre la voie administrative, afin de glaner le renseignement désiré. En Occident, y parvenir exigeait des nerfs solides, une bonne dose de chance, et relevait de l'exploit. Ici, c'était le travail d'un Hercule au meilleur de sa forme. Mark dut passer de bureau en bureau, rencontrer des interlocuteurs plutôt revêches qui se déclaraient incompétents. Enfin, il aboutit dans l'antre d'un petit homme très sec qui disparaissait presque entre des piles de paperasse, l'une d'elles montant jusqu'au plafond. L'usage de l'ordinateur n'avait pas entraîné la disparition des formulaires à remplir en plusieurs exemplaires.

Mark présenta son dossier : plusieurs photographies de la Maison d'Orient, emplacement, dessins. Le fonctionnaire accepta de l'examiner.

— Connaissez-vous cette demeure ? demanda le géographe.

En guise de réponse, un hochement de tête qui semblait affirmatif.

— Pourquoi vous intéresse-t-elle ?

— J'aimerais y habiter, soit en l'achetant, soit en la louant. Pourriez-vous me donner le nom du propriétaire et me dire où je peux le trouver ?

— Ce sera difficile. Très difficile.

— Il y a forcément des frais. Je suis prêt à les assumer.

Un assez long palabre aboutit à une somme convenable. Le géographe en régla la première moitié.

— Revenez après-demain, ordonna le fonctionnaire en replongeant dans ses formulaires.

*
* *

Mark avait passé son temps soit au bord du Nil, soit à contempler la Maison d'Orient, toujours gardée par un soldat en uniforme. Les badauds passaient sans lui accorder un regard, comme si elle n'existait pas.

Depuis qu'il avait pris sa décision, le globe-trotteur se sentait libéré et léger. Il songea à Ulysse regagnant sa patrie, et à nombre d'explorateurs et de grands voyageurs qui, un beau matin, décidaient de poser leurs bagages dans un endroit dont la sérénité les séduisait. Un acte décisif, qu'il fallait accomplir avant d'être trop usé.

*
* *

Mark offrit au petit homme une enveloppe qui contenait la seconde moitié de la somme prévue. D'un geste prompt, celui-ci l'empocha.

— Avez-vous abouti ? s'inquiéta le géographe.

— Oui et non. Ce bâtiment existe bel et bien, et a été répertorié. Mais son propriétaire est inconnu.

— S'il n'appartient à personne, je peux l'occuper et le restaurer, en obtenant un accord de votre service.

— La situation n'est pas simple, déclara le fonctionnaire. Il semblerait que cette maison ait abrité quelque temps des responsables administratifs, qui ont dû la quitter à cause du mauvais état des lieux. À cette époque, ils bénéficiaient d'une protection de l'armée. Bien qu'ils soient partis il y a longtemps, ce dispositif a perduré. C'est pourquoi, quoique vide, la bâtisse est toujours gardée.

— Malgré vos archives, impossible de remonter jusqu'au propriétaire d'origine ?

— Impossible. Probablement un Anglais, dont nous avons perdu la trace. Néanmoins, vous n'êtes pas autorisé à prendre possession de cette demeure.

— Pour quelle raison ?

— En l'absence de documents clairs, il faut attendre le rapport du cadastre.

— En ce cas, conclut Mark, je l'achète à la mairie.

Le fonctionnaire fit la moue.

— Ce sera un processus long et complexe, très complexe. Plusieurs secteurs de l'Administration sont concernés et doivent donner leur avis, d'autant plus que vous êtes un étranger.

Le géographe fut soulagé. La négociation débutait.

— L'important consiste à respecter le règlement, admit-il avec solennité. Un dossier aussi ardu que celui-là exige beaucoup d'efforts de votre part, et donc des frais inhabituels.

— De gros frais, précisa le fonctionnaire.

— Auriez-vous la bonté de réfléchir et de me faire une proposition pour que j'acquière cette maison en toute légalité ?

— Revenez dans une semaine.

*
* *

En Orient, le temps n'était pas compté et ne s'écoulait pas comme en Occident. « Une semaine » symbolisait une durée approximative qui pouvait largement dépasser un mois. Peu importait, puisque Mark avançait sur le bon circuit. Sans doute reverrait-il le petit homme une bonne dizaine de fois, sans résultat apparent, jusqu'à la signature finale.

Après un dîner oriental dans un petit restaurant tenu par un Libanais, Mark eut envie de profiter de la douceur de la nuit. Sans qu'il s'en aperçoive, ses pas tranquilles l'amenèrent devant la Maison d'Orient.

Une surprise l'attendait : pas de soldat en faction. Intrigué, il s'approcha. Aucune sentinelle en vue. S'engageant dans le terrain vague où poussaient des herbes folles, il fit le tour de la bâtisse, sans apercevoir quiconque. Un étrange silence enveloppait la Maison d'Orient, comme si une barrière protectrice l'isolait du monde.

Une idée saugrenue traversa l'esprit de Mark : et s'il entrait ? Les environs étant plongés dans l'obscurité, personne ne le remarquerait. S'aventurer dans une demeure abandonnée n'équivalait pas à une violation de domicile.

Trop belle, l'occasion dissipa son hésitation. Un dernier regard circulaire, et il grimpa rapidement les marches du perron. Et s'il se heurtait à une porte close qui le contraindrait à rebrousser chemin ?

Tel ne fut pas le cas. Il lui suffit de la pousser doucement pour qu'elle s'entrouvre. Le visiteur de la nuit se glissa à l'intérieur et referma derrière lui.

Reprenant son souffle, Mark s'habitua à la pénombre. Sous ses pieds, un carrelage de bonne facture. Aux murs, lépreux, des aquarelles naïves figurant les rives du Nil. Accroché au plafond, un lustre aux pendeloques de cristal.

L'intrus traversa le hall et découvrit un grand salon meublé en Regency. Une bibliothèque en acajou occupait un mur entier. À l'opposé, un bar où subsistaient des alcools et des verres à pied.

Si Mark distinguait ces détails, c'était grâce à une lueur qui provenait du haut d'un escalier menant à l'étage. Intrigué, il en entreprit l'ascension, en évitant de faire crisser les marches.

En arrivant sur le palier, il constata que la lumière provenait d'une pièce dépourvue de porte mais éclairée par des bougies. S'y entassaient des tableaux, des commodes et autres meubles recouverts de housses, des livres éparpillés, des pièces de vaisselle. Au centre de cet espace encombré, un vieillard aux cheveux blancs était assis dans un fauteuil rouge à haut dossier, les bras posés sur les accoudoirs. Il avait un grand front, de larges yeux, des oreilles d'une taille inhabituelle et de longues jambes. Entièrement vêtu de blanc, il évoquait un vieux scribe en méditation.

— Bienvenue chez moi, dit-il d'une voix grave et posée. Voilà longtemps que je n'ai pas reçu de visite. Les esprits dangereux s'élèvent jusqu'au ciel pour en percer les secrets, mais les anges montent bonne garde. Les étoiles que contemple le voyageur qui traverse le désert deviennent des traits enflammés et détruisent les nuisibles. Puisque vous êtes parvenu jusqu'ici, vous n'appartenez pas à leurs cohortes. Le désert, c'est Dieu sans les hommes. Nous ne pouvons qu'y survivre. Si l'on désire construire et connaître les mystères, il faut une Maison d'Orient, comme la mienne.

— Vous.... vous êtes le propriétaire ?

— Mes ancêtres ont bâti cette demeure, et j'en suis l'héritier.

— Les autorités vous reconnaissent-elles comme tel ?

— Elles ont fait disparaître nos noms. Pourquoi êtes-vous entré ici ?

— Cette demeure est le terme de mon voyage. Je souhaite y résider.

Le vieillard hocha la tête.

— Vous souhaitez ne plus agir et ne plus penser. Est-ce vraiment la meilleure solution ?

— C'est mon choix.

— N'est-ce pas plutôt celui de la Maison d'Orient ? Je croyais qu'elle avait perdu son pouvoir d'attraction, et je me suis trompé. Admettez cependant qu'elle n'offre plus guère d'attraits.

— Au contraire ! En la découvrant, je n'ai qu'un désir : la restaurer et lui rendre sa splendeur passée.

— Louable intention, hélas utopique !

— Les obstacles qui se dressent sur mon chemin ne m'effraient pas. L'Administration les multipliera, je les surmonterai.

— S'il n'y avait qu'elle ! Cette demeure est en ruine parce que le point de non-retour a été franchi. Nous avons oublié la recommandation du taoïste Tchouang-tseu : « Il ne faut pas se tourner vers la perspective de l'homme, mais vers celle du ciel. Aller vers le ciel, c'est favoriser la vie. Aller vers l'homme, c'est détruire la vie. »

Le vieillard se releva et, malgré son grand âge, progressa d'une démarche assurée vers une autre pièce dont il ouvrit la porte.

— Prenez une bougie et venez, exigea-t-il.

Dans un local aux fenêtres murées, un petit musée : un sarcophage égyptien de la Basse-Époque, au visage paisible, le corps enveloppé des ailes d'Isis ; des *ouchebtis* en bois et en porcelaine, les « répondants », qui accomplissaient, pour les justes, le transport des matériaux et les travaux agricoles dans l'autre monde ; des stèles d'Abydos, le lieu par excellence des mystères d'Osiris ; et un bloc sur lequel figurait Ramsès le Grand faisant offrande à Hathor, souveraine de l'amour et protectrice du voyage céleste.

— Ce pharaon avait instauré la paix au Proche-Orient, grâce à un traité conclu avec ses pires ennemis, rappela le vieillard. Dans cette maison, en grand secret, j'ai rassemblé, il y a plusieurs années, des dirigeants pour tenter d'empêcher un déferlement de haine. Je n'ai pas eu le même succès que Ramsès.

Le regard de Mark se concentra sur le sarcophage.

— Le pourvoyeur de vie, commenta le propriétaire des lieux. Je perçois votre pensée : jusqu'à présent, tous les humains sont morts. Et si l'un d'eux échappait à cette fatalité ?

— Je n'en demande pas tant. Vivre ici jusqu'à ma dernière heure me suffirait amplement.

— Si notre esprit envisage cet au-delà, c'est grâce aux Anciens qui en ont décelé l'accès. Mais nous avons oublié l'essentiel, pour nous consacrer au secondaire et à l'éphémère. Le sens du périssable a remplacé celui de l'éternité. Peut-être le perçoit-on encore un peu à cet endroit.

Le vieillard sortit une photographie de la poche de sa veste, et la montra à Mark.

— Connaissez-vous ce personnage ?

— N'est-ce pas Howard Carter, le découvreur de la tombe de Toutânkhamon ?

— Une existence difficile, entièrement vouée à ce but, qui semblait impossible à atteindre. J'ai reçu Carter dans cette maison, à un moment où le désespoir l'envahissait. Il m'a exposé ses doutes, parlé des coups bas portés par ses adversaires. Entre ces murs, en contemplant un coucher de soleil, j'ai ranimé son feu intérieur. Il nous faudrait beaucoup d'êtres de cette trempe-là, mais Dieu n'a-t-il pas cessé de les engendrer ? Gardez cette photographie. Dans les épreuves que vous subirez, elle vous aidera. Allons dans mon bureau.

La petite pièce était la plus dépouillée de la maison et ressemblait à une cellule de moine. Un seul meuble sans style, avec quatre tiroirs, et une chaise en bois.

— Comptez-vous toujours acquérir cette maison, en dépit de l'ampleur des travaux nécessaires ?

— Toujours.

— Je vais donc vous remettre l'acte de propriété et celui de vente, sur lequel j'apposerai ma signature.

— Nous n'avons pas parlé du prix.

— Une livre égyptienne me paraît suffisante, vu le très mauvais état du bien.

D'un tiroir, le vieillard sortit les documents et pria l'acheteur de les lire à la lueur d'une bougie.

— Tout vous paraît-il en ordre ?

— Dans le domaine juridique, certainement.

— Qu'est-ce qui vous inquiète ?

— Votre avenir immédiat. Je suppose que vous viviez reclus dans cette maison.

— Pour moi, il est temps de la quitter. À mon âge, il faut un minimum de confort. Je n'ai plus l'énergie pour entreprendre un chantier d'envergure. Vous, c'est différent. Ah, un dernier détail.

Le vieillard donna à Mark une enveloppe scellée.

— Mon ultime cadeau. Promettez-moi de ne pas l'ouvrir avant demain midi, quand le soleil sera à son zénith.

— Vous avez ma parole.

— Nous ne nous reverrons pas. Adieu.

*
* *

Mark ne s'était endormi qu'au petit matin, après avoir somnolé des heures durant en rêvant d'aménagement et de décoration. Il se leva tard, avec une idée en tête : faire enregistrer son acte de propriété par l'Administration.

Auparavant, il passerait devant la Maison d'Orient, *sa* maison. L'air était léger, le soleil rayonnait, le fleuve scintillait.

Le choc fut d'une brutalité inouïe.

Bulldozer, pelleteuse, une vingtaine d'ouvriers qui commençaient à détruire la Maison d'Orient. Un pan entier était déjà réduit en morceaux, les gravats commençaient à s'accumuler.

Le souffle court, Mark s'adressa à un quadragénaire en costume marron qui organisait cet anéantissement.

— Je suis le propriétaire, vous n'avez pas le droit de toucher à ma maison !

Le contremaître le toisa.

— La mairie a réquisitionné cette bâtisse qui menaçait de s'écrouler. J'ai reçu l'ordre de la raser. À sa place, il y aura un immeuble moderne.

Désemparé, Mark n'avait aucun moyen de lutter. Ses jambes le portèrent au bord du Nil, dans lequel il eut envie de se jeter. L'avenir aurait pu être si paisible, si merveilleux… Maintenant, il se réduisait à des décombres.

En plein midi, le soleil commençait à devenir brûlant. Mark se souvint de sa promesse. Machinalement, il brisa le sceau qui fermait l'enveloppe, dernier cadeau du vieillard.

À l'intérieur, il y avait des plans très détaillés, avec des précisions concernant les matériaux à employer. Le dernier feuillet, un superbe dessin, dévoilait la beauté de la Maison d'Orient lorsqu'elle serait achevée, baignée de lumière.

Marie-Hélène Lafon

Samedi soir

Marie-Hélène Lafon est professeure agrégée de lettres et écrivaine à succès. Son premier roman a été récompensé par le Prix Renaudot des Lycéens. Depuis, elle a reçu le Prix Goncourt de la Nouvelle, le Prix du Style et le Prix Renaudot. Son dernier roman, *Les Sources*, a paru en 2023 aux Éditions Buchet-Chastel.

L'écran de la télévision est bombé, comme leurs fronts, le sien et celui de son frère ; ça leur vient de famille mais ça s'arrange avec le temps. Ils grandissent et leurs fronts rentrent dans le rang, se résorbent, deviennent plus raisonnables même s'ils restent inquiétants. Certains garçons se moquent d'elle, des externes du lycée qui ont la langue pointue, fument des cigarettes derrière le gymnase et savent nager. La semaine dernière, le mercredi après-midi, pendant la compétition d'athlétisme, celui qui a les yeux bleus et s'appelle Gilles a crié quand elle est passée à côté de lui, lancée à fond dans le cent mètres haies, le front dégagé par l'élan de la course ; il a crié, il a aboyé, cache ton pare-brise, cache ton pare-brise. Elle y pense, ça la brûle et la vrille encore dix jours plus tard, loin du pensionnat, à l'autre bout de sa vie, sur l'autre versant, à la ferme, chez les parents, devant l'écran bombé de la télévision. Gilles est aussi le prénom de son frère, qui n'a pas les yeux bleus, ne sait pas nager et regarde les variétés à la télévision avec elle ; elle non plus ne sait pas nager, ils n'ont pas appris. Ils sont seuls dans la cuisine, les deux, ils ont rapproché leurs chaises raides de l'écran, ils ont baissé le son pour ne pas gêner les parents et Félix, l'ouvrier agricole qui vit avec eux et dort à l'étage dans la chambre en bois d'où il entend tout ce qui se passe dans la maison.

Elle ne sait pas si on se moque aussi du front de son frère, qui ne porte pas comme elle une frange longue et bouclée. Son frère, à plus de treize ans, ne peut pas laisser des boucles longues et souples tomber sur son front pour cacher son pare-brise. Ses cheveux sont courts et son front dégagé, nu. Tous les garçons de son école sont comme lui, il n'y a que des garçons dans son école, elle le sait, elle y est allée avec leur mère en septembre, au moment de la rentrée scolaire, pour aider à installer les affaires de son frère. Il prépare un brevet agricole, il sera paysan, il reprendra la ferme. Il n'est resté que deux années à Saint-Flour dans son pensionnat religieux où elle ne le voyait pas de toute la semaine parce que les bâtiments des garçons sont situés en ville haute et ceux des filles en ville basse, au faubourg. Ensuite son frère a été orienté vers des études courtes ; elle a entendu cette phrase prononcée par certains professeurs au moment du conseil de classe, en fin de cinquième, au sujet des élèves qui ne monteraient pas en quatrième pour aller ensuite vers la troisième, la seconde peut-être, et le bac. Le directeur du pensionnat, l'abbé Bertrand, disait monter en quatrième, au lieu de passer en quatrième, et on comprenait que les choses sérieuses commençaient ; pendant le conseil de classe elle avait pensé à leur père, quand il répétait en secouant la tête de haut en bas que le monde était une échelle, on descendait les barreaux ou on les montait. Dans leur famille, personne n'est jamais allé jusqu'au bac, le baccalauréat, et ces perspectives sont encore un peu floues, mais elle est déléguée de sa classe, et à la fin de la cinquième elle a vu le tri se faire entre les élèves comme elle, qui montaient, et les autres. Son frère, Gilles, fait partie des autres.

Son frère se rapproche encore de l'écran bombé, comme s'il écoutait vraiment ce que disent les invités de l'émission, qui sont nombreux, se lèvent, vont chanter, reviennent s'asseoir ; les lumières sont rouges et bleues, et les gens ont l'air content, ils sourient avec des dents très blanches, les femmes secouent leurs cheveux jaunes. Elle sait que l'on dit blonds, mais elle pense jaunes. C'est toujours comme ça, elle choisit des mots dans sa tête pour dire les choses, des mots décalés qu'elle garde pour elle. Elle voit le dos penché de son frère, sa nuque, son pull vert ; ses oreilles ne sont pas décollées du tout. Elle a remarqué que beaucoup de garçons ont les oreilles décollées ; certains hommes aussi, comme le facteur qui passe à la ferme, ou Félix, ou le nouveau professeur de maths qui est arrivé cette année au pensionnat et fait parfois des allusions sexuelles qu'elle ne comprend pas complètement même si elle sent que c'est très sexuel. Monsieur Vidal vient de Clermont-Ferrand où il repart chaque jeudi soir dans une 4L bleue, il habite du lundi au jeudi dans une chambre de l'internat que les sœurs lui louent ; cher, il dit que c'est trop cher, et il ajoute que Saint-Flour est un trou. Il est barbu, moustachu, ses cheveux sont longs, ses sourcils et ses cils aussi, elle n'avait jamais vu ça, autant de poils et de cheveux pour une seule personne ; ses grandes oreilles roses et pointues dépassent de chaque côté de sa tête et sa bouche est très rose, presque rouge. Avec les filles de sa classe, au début, elles ont beaucoup ri, en se moquant en cachette parce que Monsieur Vidal fait peur. Ensuite, très vite, elles ont adoré les cours de maths, tout, les calculs, les ensembles, la géométrie ; elles répètent que Monsieur Vidal est un prof génial et elles ont oublié les oreilles décollées.

Le samedi soir, si le père ne les en empêche pas, elle reste avec son frère devant la télévision. Elle est toujours partagée ; elle a envie de monter, d'être dans sa chambre et dans son lit, d'éteindre le plafonnier, d'allumer la lampe de chevet et de lire, comme elle le fait surtout le vendredi et le samedi, mais pas le dimanche parce qu'il faut se lever très tôt le lundi pour aller prendre le car. Elle ne peut pas lire dans son lit au pensionnat, on ne peut pas lire dans un dortoir de trente lits, personne ne le fait. On est avec les autres filles, dans leurs bruits, dans leurs gestes, on se regarde, on s'envoie des signes, on rit, on range ses affaires, on se laisse porter jusqu'à l'heure du coucher qui arrive vite, on ne sent pas passer le temps au dortoir. Elle aime la vie du pensionnat ; elle l'a aimée tout de suite, dès la première journée de sixième, elle a été soulagée et elle s'est sentie à sa place. Quand toutes les pensionnaires sont couchées, à dix heures moins le quart, après la prière très courte qu'une sœur dit à voix haute, la sœur Eliane ou la sœur Paule, la surveillante éteint les lumières. On est bien, on a chaud dans son lit ; elle tombe dans le sommeil, comme une pierre. À la ferme, chaque fin de semaine et pendant les vacances, c'est plus difficile pour s'endormir, même maintenant avec la lampe de chevet qui dessine un rond de lumière, même avec un livre ; elle s'arrange pour avoir toujours un livre avec elle à la ferme, de préférence un livre du programme, que le professeur a donné à lire, c'est mieux, c'est plus efficace et plus solide qu'un livre de fantaisie, et les livres de fantaisie sont rares.

Elle se demande comment s'endort son frère, qui ne lit pas de livre et n'a pas de lampe de chevet. Ils monteront ensemble, sans parler, lui devant elle. Il ouvrira, il entrera dans le noir de sa grande chambre, avancera de deux ou trois pas jusqu'à l'interrupteur, un trait de lumière jaune fusera sous la porte qu'il aura fermée, et elle n'entendra plus rien jusqu'au lendemain matin, à six heures, quand sa mère montera l'escalier, frappera plusieurs fois, en répétant Gilles, Gilles, c'est l'heure, d'une voix de plus en plus forte. Sa mère entrera dans la chambre, ressortira, descendra, remontera. Elle entendra tout et sentira la peur suinter à travers les cloisons de bois. Elle restera réveillée dans son lit, les yeux fermés, les bras et les jambes rangés raides sous le drap même quand son frère se sera levé, aura descendu l'escalier et refermé derrière lui la porte du couloir. Elle finira par se rendormir. Elle ne lit pas le matin. Son frère reprendra la ferme, il doit aller traire le matin et le soir, il a commencé depuis qu'il est entré dans cette école où il prépare le brevet agricole, en alternance, le système s'appelle comme ça. Il passe trois semaines en cours et une semaine à la ferme. Ils ne partent plus ensemble très tôt le lundi matin par le car jusqu'à Saint-Flour ; la mère emmène Gilles en voiture après la traite du matin, les cours ne commencent qu'à dix heures le lundi dans cette école pour que les fils de paysan puissent aider leurs parents à traire avant de rejoindre l'internat.

Le samedi soir elle reste devant la télévision avec son frère. Ils ne disent presque rien. Elle ne lui pose pas de questions sur sa semaine dans cette école, les nouvelles matières spécialisées qu'il étudie, ses profs, ses copains, et il ne lui demande rien non plus. Elle n'aime pas que les adultes, sa mère ou d'autres personnes, l'épicière ou son ancien instituteur, l'interrogent sur le pensionnat quand elle les croise dans le bourg, et elle comprend que son frère est comme elle. Elle préfère ne pas savoir où il est le plus à l'aise, à l'école ou à la ferme, et elle ne le lui demande pas. On a toujours dit, depuis les petites classes, qu'il était lent pour étudier, qu'il n'écoutait pas vraiment les leçons, qu'il était dans la lune, pas comme elle, pas du tout. On a toujours comparé et elle déteste ça. Elle ne peut plus l'aider pour ses devoirs. Quand ils étaient à l'école primaire, elle se souvenait de tout par cœur, elle lui expliquait les exercices qui étaient les mêmes que l'année précédente, il comprenait bien, elle lui faisait aussi apprendre les résumés qu'il avait recopiés dans ses cahiers. Elle ne s'énervait pas et il s'appliquait, mais le lendemain, si le maître lui demandait de réciter devant la classe, très vite il lui manquait des mots, il avait oublié, plus rien ne sortait. Le maître était patient, il attendait un peu ; elle avait mal au ventre et se retenait de prononcer les mots de la leçon derrière ses dents à la place de son frère. Elle entendait ce qui se passait dans le rang des petits même si elle gardait la tête penchée sur le travail que le maître avait donné à faire aux grands. Elle n'avait pas besoin de regarder pour savoir comment son frère respirait fort par le nez en serrant les dents dans sa bouche fermée.

Dès qu'ils sont seuls dans la cuisine le samedi soir, elle se lève et va éteindre la grande lumière qui tombe à pic sur la toile cirée beige, les bancs vernis, le carrelage luisant et marron. Au début de l'année les parents ont fait installer par l'électricien un joug en bois sombre garni de deux grosses ampoules, et, quand elle est assise à la table, à sa place, à gauche de Félix et en face de son frère qui mange entre le père et la mère, elle a l'impression d'être une paramécie coincée sous la lame du microscope pendant une séance de travaux pratiques en cours de sciences naturelles. Personne ne parle, sauf le père et Félix, qui lui répond mais ne relancera pas la conversation et n'en a pas pris l'initiative. On mastique, on se remplit le corps dans le bruit de la télévision. Sous la table les pieds de son frère et les siens sont rangés et se font face ; elle aime bien y penser. Elle voit aussi les mains de Gilles, courtes et carrées, plus fortes que les siennes, elle voit ses poignets durs. Les parents et lui sont placés du bon côté et peuvent suivre les émissions tandis que Félix et elle tournent le dos à l'écran. Le regard vert de son frère ne se pose pas sur elle, il glisse sur les images de la télévision, sur la toile cirée, les pommes de terre sautées, le rôti de porc dans son jus, le saladier plein, le morceau de cantal, les nourritures qui apparaissent, disparaissent tandis que la mère se lève et se rassied à son bout du banc. Le samedi soir, une fois la lumière éteinte, la cuisine bascule, est avalée dans le noir. Elle a aidé la mère à débarrasser, elle a fait le nécessaire avec elle ; elle connaît les gestes, l'éponge, les miettes rassemblées, le torchon pour essuyer, elle sait la place des choses et comment disposer au milieu de la table, pour le café noir de cinq heures, la casserole pleine, son couvercle, les deux bols blancs, celui de Félix et celui du père, et le sucre en morceaux dans la boîte métallique rectangulaire à fines rayures bleues que sa marraine a rapportée d'un voyage en Bretagne. Gilles ne boit rien le matin avant de descendre à l'étable, il ne mange rien non plus, il part le ventre vide.

La lumière de la télévision les éclaire, les deux. Elle s'approche, se penche aussi, comme son frère. Elle connaît ce groupe, la fille est blonde, ses seins sont petits et ses épaules pointues, elle a un long visage sage, des yeux très clairs, et chante avec des garçons, mais on n'entend et on ne voit qu'elle. Ils portent tous des pantalons blancs. Au pensionnat les filles parlent de cette chanteuse et connaissent par cœur les paroles de cette chanson, *j'ai encore rêvé d'elle, c'est bête, elle n'a rien fait pour ça, elle n'est pas vraiment belle, c'est mieux, elle est faite pour moi.* Ils entendent à peine parce que le son est bas mais ils peuvent suivre les paroles sur les lèvres, *je l'ai rêvée si fort que les draps s'en souviennent, je dormais dans son corps.* Elle n'écoute plus, elle pense aux allusions sexuelles de Monsieur Vidal, qui, à deux reprises, en plein cours, l'a envoyée chercher à l'internat un livre d'exercices et des cahiers d'élèves qu'il avait oubliés dans sa chambre. Elle est déléguée et pensionnaire, elle connaît le bâtiment de l'internat, elle a bien aimé que Monsieur Vidal lui fasse confiance mais elle n'a pas aimé sa chambre, qui n'avait pas été aérée et ne sentait pas bon. Le lit était resté ouvert, une chemise, des chaussettes, un slip traînaient sur le parquet ; elle a eu honte. Le bureau et la table de chevet étaient couverts de livres plus ou moins retournés, écrasés, elle a pensé écartelés comme Ravaillac, l'assassin d'Henri IV, condamné à être écartelé en place publique, tiré par quatre chevaux, démembré. Monsieur Vidal enseigne les maths, il ne dit jamais les mathématiques, comme les autres professeurs, mais il lit beaucoup et lance des titres que personne de la classe ne connaît, pas même la fille du vétérinaire ni celle du pharmacien du faubourg. Quand les autres pensionnaires lui avaient posé des questions sur la chambre de Monsieur Vidal, elle avait raconté certains détails mais n'avait pas parlé du slip, ni du lit ouvert et taché. Elle a déjà changé les draps du lit de son frère, elle les a roulés en boule pour les fourrer dans la machine. Dans la télévision, la fille et les garçons du groupe prononcent des phrases en riant ; elle pense qu'ils ont trop de dents ; un garçon brun répète, on est sur le même bateau, la fille et les autres garçons rient, ils sont d'accord avec cette histoire de bateau, tout le monde a l'air content, et son frère aussi. Elle le voit à sa façon de se redresser sur sa chaise. Il se cale contre le dossier, il étend ses jambes devant lui et croise ses bras sur sa poitrine ; ils sont tranquilles.

Elle laisse la fille blonde en pantalon blanc chanter derrière l'écran bombé de la télévision. La voix du garçon aux yeux bleus et le pare-brise flottent autour d'elle ; elle les écarte, elle pince la bouche et remue les orteils dans ses pantoufles. Elle fait comme son frère, le dos bien calé, jambes allongées, bras croisés, et elle pense à Monsieur Vidal quand il parle des livres qu'il lit, ou qu'il a lus, ou qu'elles devraient lire, elles, toutes les filles de la classe. Il n'écrit rien au tableau et il prononce trop vite des noms et des titres qu'elle ne comprend pas. Elle ne peut pas lever le doigt pour lui demander de répéter, aucune fille n'oserait faire ça, et elle se contente de noter de vagues bribes sur la dernière page de son cahier de brouillon. Elle garde une trace même si elle sait qu'elle ne trouvera aucun de ces livres dans la petite bibliothèque du pensionnat, qu'elle a déjà lue entièrement. Après la troisième, quand elle entrera en seconde, l'année prochaine, elle pourra emprunter des livres à la bibliothèque municipale, elle ira le mercredi après-midi, elle a prévu, et elle y pense chaque fois que Monsieur Vidal se lance dans ce que les autres filles appellent ses sermons. Monsieur Vidal est bourru, elle pense *bourru*, qui est le mot que les parents emploient au sujet des animaux bien pourvus en poils, un taureau, certaines vaches ou des chiens ou un âne. Elle n'utilise jamais *bourru* au pensionnat et sait qu'il ne faut pas l'écrire dans une rédaction, sauf pour qualifier le caractère d'une personne désagréable. Sa mère dirait que Monsieur Vidal est bourru, qu'il a une tête de poivrot, qu'il est coiffé comme un sanglier. Une fois par an, elle vient à la réunion pour rencontrer les professeurs ; ils ne lui disent que du bien, sauf pour les bavardages, mais sa mère ne connaît pas Monsieur Vidal, qui était absent le jour de la réunion parce que sa femme venait d'accoucher, à Clermont-Ferrand, d'un garçon, d'un fils, un mâle, un couillu. Il l'avait annoncé la veille, en classe, d'une voix qu'elles n'avaient pas reconnue, avec ces quatre mots, dans cet ordre.

Jusqu'à la fin de la cinquième, elle aurait préféré être un mâle, un couillu, mais elle a changé d'avis. La bouche de la chanteuse est ouverte en grand à la télévision, elle est rose et mouillée, on ne voit que ce trou rose et la fente claire de ses yeux qui ne sourient pas. Elle ne peut pas regarder, ça la gêne, mais le dos de son frère est à nouveau penché vers l'écran comme s'il voulait entrer dedans, dans l'écran et dans la bouche de cette fille blonde qui ne chante pas, qui crie. Elle entend un cri. Elle ferme les yeux, ses orteils ne remuent plus. Elle n'a pas envie d'être un garçon qui aboie des paroles dures ou qui se penche pour rentrer dans la bouche rose d'une chanteuse écartelée à la télévision ; ça la dégoûte. Elle ne sait pas si tous les garçons deviennent comme ça mais elle comprend, elle voit que certains garçons, quand ils sont fils de paysan, ne choisissent pas, ne choisissent rien. Elle ne peut pas savoir si son frère aurait voulu autre chose, une autre vie, une vie de conducteur du camion laitier, une vie de facteur, de guichetier au Crédit agricole, de garagiste, d'instituteur ou de vétérinaire, ou une vie de militaire. Tout le monde dans la commune sait que Pierre, le fils des Santoire qui devait reprendre la ferme, une belle ferme et un fils unique, s'est engagé à la suite de son service, il ne reviendra pas du régiment, il est parti pour faire une carrière dans l'Armée. On ne fait pas une carrière de paysan. Les gens disent une carrière dans l'Armée ; elle entend une majuscule au début du mot et elle écoute les commentaires. On plaint les parents qui se retrouvent avec leur ferme sur les bras, et sans suite, et un fils qui leur tourne le dos. À l'épicerie deux femmes qu'elle connaît n'étaient pas du même avis ; elles parlaient fort et l'une des deux, la plus jeune, a dit en baissant la voix, ça sera moins dur que de rester au cul des vaches et à la botte des vieux Santoire.

Ils sont montés. Elle est dans son lit, dans le rond de la lampe de chevet orange, elle a bien chaud. Elle pense à la bouche rose de la chanteuse, à son pantalon blanc, à ses cheveux jaunes, à la nuque penchée de son frère, aux yeux verts de son frère ; cette chanteuse s'appelle Joëlle et son groupe « Il était une fois », comme dans les contes. Elle pense au pare-brise, à la chambre de Monsieur Vidal, au service militaire et à Pierre Santoire. Elle pense que plus tard, le samedi soir, son frère ira au bal avec d'autres jeunes de la commune. Elle va commencer le nouveau livre que la remplaçante de français leur a distribué ; cette remplaçante vient d'arriver, elle a de longs cheveux plats et roux, elle est jeune et ses dents du bas sont en désordre. Dès son deuxième jour, hier, vendredi, en dernière heure, elle a apporté une pile de livres de poche, elle a expliqué ce qu'il faudrait faire, comment, pour quelle date. On a écrit dans les cahiers de textes et on n'a pas eu le temps de faire des commentaires parce que le vendredi après-midi, après le cours de français, les pensionnaires doivent se dépêcher de repasser à l'internat pour aller chercher leurs sacs et monter ensuite en ville haute avec la navette ; elles prennent les cars qui partent de la place du foirail et n'attendent pas si l'on est en retard. Le livre est gros et souple ; Gustave Flaubert, *Madame Bovary*. Elle ne l'ouvre pas encore, elle attend un peu. Elle pense à ce que le garçon disait à la télévision, au bateau, on est sur le même bateau ; et elle comprend que son frère et elle ne sont plus sur le même bateau. Son frère a été débarqué, elle s'en va, il reste dans la cuisine devant la télé et elle s'en va. Elle est partie.

Alexandra Lapierre

« Eh bien, nagez maintenant ! »

Alexandra Lapierre est l'une des rares romancières à enquêter sur le terrain. Pour redonner vie à ses personnages, elle les suit à la trace sur tous les lieux de leurs incroyables aventures, s'imprégnant des couleurs, des odeurs, et fouillant les bibliothèques du monde entier. Elle a reçu de nombreuses récompenses dont, entre autres, le Grand Prix des Lectrices de *ELLE*, le Prix *Historia*, ou encore le Grand Prix de l'Héroïne *Madame Figaro*. Son dernier roman, *Belle Greene*, paru en 2021 aux Éditions Flammarion, est un long-seller qui nous raconte une histoire vraie et flamboyante.

Je le détestais. Je l'avais même, de tout temps, détesté.

Hum, pas tout à fait exact.

Quand j'avais quinze ans, et lui vingt, je trouvais mon cousin Adrien, le frère aîné de ma complice chérie Olivia, sinon sexy et sympa, du moins intellectuellement excitant. Il voulait devenir archéologue, une discipline qui me fascinait. Il avait même le physique d'Indiana Jones – il était grand, plutôt bien fichu – n'était un menton prognathe, des petits yeux bleus méfiants et un air de suffisance dont il ne se départait jamais.

En vérité, malgré son look et ses neurones, ma sympathie pour lui n'avait pas duré longtemps. Mais qu'y pouvait-il, ce garçon ? Il était né comme cela : pontifiant, hautain, et sûr de lui. À vingt-cinq ans, on pouvait sans peine se l'imaginer tel qu'il se voyait dans la glace : tout de blanc vêtu, le panama sur l'œil, ses cahiers de notes à la main, dirigeant sous le cagnard une armée d'ouvriers indigènes qui piochaient à sa place et déterraient pour lui des trésors dont il s'appropriait la découverte. À l'adolescence, je me représentais des vases, des masques, des bijoux, qu'il exhumait des sables en parcourant les rivages de pays où je n'étais jamais allée – la Turquie, la Grèce, l'Italie.

Ironie du sort, deux décennies plus tard, pour mon malheur, nous nous y trouvions ensemble, en Italie… Sur le même bateau – à cinq personnes sur une petite barque à moteur. Et nous croisions exactement au large des côtes où il fouillait avec ses équipes. Mais cette traversée ne ressemblait pas aux découvertes archéologiques dont j'avais pu rêver dans notre jeunesse.

Mon cousin Adrien Potet – pardon, le Professeur Potet, connu dans le monde universitaire sous le nom d'*Il Professore* – avait néanmoins fait exactement ce qu'il avait prévu : il était devenu l'un des plus grands spécialistes du monde romain de la dynastie des Julio-Claudiens. Le ponte absolu de la période s'étendant de l'empereur Auguste à l'empereur Néron. Traduction : aujourd'hui, à quarante-cinq ans, il ne s'intéressait à rien, ne connaissait rien, ne sentait rien hormis ce qui concernait *son* siècle – une centaine d'années comprises entre 27 avant Jésus-Christ et 68 après. Sorti de sa spécialité, l'incarnation même de l'ignorance. Ou plutôt de l'indifférence.

Ah si, si, j'oubliais… En plus d'Auguste et de Néron, il se préoccupait d'un autre grand personnage de l'Histoire, une figure qu'il cultivait avec passion : lui-même.

Les honneurs et les égards qui lui étaient dus occupaient, au quotidien, la majeure partie de ses réflexions. Et gare aux collègues de son laboratoire au CNRS ou de la Surintendance de Rome qui auraient contesté l'ampleur de son savoir et se seraient permis de douter de ses conclusions archéologiques. Les vengeances du *Professore* passaient pour redoutables, hors de proportion avec l'offense supposée.

Quant à ses élèves – que dis-je ses élèves ? ses disciples ! –, les rares rebelles qui refusaient de le servir en travaillant sur ses recherches pouvaient à tout jamais oublier l'idée de diriger des fouilles, en France ou dans le monde méditerranéen. Il s'entourait ainsi d'une bande de lèche-cul, des garçons et des filles, pour certains très brillants, qui acceptaient sa tyrannie dans l'espoir de faire carrière. Je l'ai vu tendre sa bottine à l'un d'entre eux pour qu'il lui noue ses lacets sous le prétexte que le *Professore* avait un peu mal au dos et ne pouvait se baisser.

À sa décharge, Adrien traitait les deux sexes avec le même mépris : on ne pouvait guère le qualifier de « macho ».

... Mais de « paternaliste », oui ! Lorsque l'une de ses ouailles lui rendait en temps et en heure une thèse dont il avait choisi le sujet pour nourrir ses propres travaux, il lui servait toujours le même compliment : « En voilà, un bon petit soldat ! » Et quand l'étudiant ou l'étudiante, sa thèse soutenue, cherchait un poste et lui demandait conseil, il lui lançait son jovial : « Vous vous êtes très bien débrouillé jusqu'à présent : eh bien, nagez maintenant ! »

Ayant commencé la description morale de mon cousin en clamant que je le détestais, vous pourriez penser que je charge le portrait, que je suis injuste.

Vous auriez tort. Le personnage était bien plus caricatural que ce que je vous décris.

Je reconnais toutefois que la suffisance d'Adrien et même ses autres défauts ne constituaient pas les vraies raisons de mon antipathie.

Ce que je haïssais chez lui, ce que je continue de haïr, c'était sa conduite envers sa sœur, ma cousine et amie Olivia.

Peut-être n'était-il pas le seul responsable, encore moins le seul coupable, des injustices dont elle demeurait la victime. Olivia avait tant souffert de l'ostentatoire préférence de ma tante Ginette à l'endroit d'Adrien que, même disparue, ma tante m'agace encore. Elle était veuve, ayant perdu son mari d'un cancer deux ou trois ans après la naissance d'Olivia. Elle n'en parlait pas et ne partageait avec ses enfants aucun souvenir sentimental, pas même une once de nostalgie pour le défunt. Je ne peux m'empêcher de penser que, si Olivia avait eu un père pour la protéger, elle aurait connu un destin moins tragique. Peut-être eût-il aimé, lui, sa petite fille incomprise et trahie.

Quoi qu'il en soit, l'absence d'amour de ma tante Ginette était restée la grande blessure de l'existence d'Olivia. Pourtant, elle ne s'en plaignait pas, du moins pas directement. J'ai même tendance à croire qu'elle ne connut jamais la moindre jalousie envers son frère. Pas même un vague ressentiment.

Mais de la tristesse, oui.

De cette tristesse découlerait une perception désastreuse d'elle-même, qu'aucune séance chez un psy ne parviendrait à atténuer. Le pire, c'est que son admiration pour Adrien se trouvait décuplée par son sentiment d'infériorité.

D'elle, en réalité, il avait tout reçu. Un amour aussi inconditionnel que celui de leur mère.

Je me souviens d'un détail…

Un collègue d'*Il Professore* l'ayant accusé de plagiat (à raison), Olivia lui avait sacrifié jusqu'à son honneur, se parjurant avec de faux témoignages – elle si intègre, si droite ! Sur les instances de son frère, elle avait menti avec aplomb, même donné sa parole devant une commission d'enquête, assurant aux juges qu'elle avait vu Adrien travailler jour et nuit sur son texte. Elle disait avoir lu au fil du temps les différentes, et nombreuses, versions de son livre. Elle avait aussi produit les brouillons qu'il avait forgés pour se tirer d'affaire. Une escroquerie, un pillage parmi d'autres.

Entre nous, sans l'intervention de sa sœur, Adrien était cuit. Fini *Il Professore* !

Elle ne le niait pas. Mais l'idée de faire grief à son frère de sa propre malhonnêteté ne lui venait pas. Qu'elle ait dû monter au créneau pour le défendre lui apparaissait comme une évidence.

Ses mensonges pour ridiculiser et débouter le véritable auteur de l'ouvrage l'avait certes rendue malade physiquement. Je la vois encore vomir dans la salle de bains après la séance. Et alors ? Tant pis pour elle si elle ne pouvait supporter la conséquence des actes qui n'engageaient qu'elle, Adrien n'y était pour rien.

En retour de son dévouement, qu'avait-elle reçu ? Pas même un mot de reconnaissance. Et une spoliation totale de l'héritage de leurs parents.

Ça, c'est encore une autre histoire. L'affaire ne me regarde pas, bien qu'elle continue de me choquer.

Qu'il me suffise de dire que du vivant de ma tante, Adrien s'était fait donner l'usufruit de ses comptes et l'entière propriété de son petit appartement, bref l'ensemble des biens familiaux qui, en toute justice, auraient dû revenir pour moitié à chacun des deux enfants.

Olivia aurait pu récupérer sa part en contestant la légalité de ces donations devant un tribunal : elle aurait gagné. Là encore, elle avait laissé Adrien la dépouiller, sans batailler.

N'imaginez pas Olivia comme un ange éthéré ou une idiote sous emprise. Elle n'était en rien une femme passive. Elle avait étudié aux Beaux-Arts, était devenue une graveuse de renom. Certes, elle tirait le diable par la queue et peinait à payer son loyer. Mais Adrien avait dit qu'il l'aiderait. Et même qu'il la dédommagerait. Comment ? Quand ? « Dès qu'il en aurait les moyens. » En vingt ans de mandarinat à l'université, il ne les avait manifestement jamais eus, car le « dédommagement » n'était pas venu. Peu importait. Elle avait de tout temps choisi de le croire et de lui faire confiance. Point barre.

Une certitude, toutefois… Pour tout le monde, sauf pour elle, sauf pour ma tante et pour lui, Olivia avait été non seulement une très jolie fille, mais ce qu'on appelle « une belle personne ». Pleine de grâce et de sensibilité. Intelligente, douée dans son art. Et surtout, surtout, qualité suprême à mes yeux : gentille.

Si quelqu'un ne méritait pas de mourir à quarante ans, c'était bien elle !

Je bous encore en me rappelant la phrase qu'Adrien a prononcée hier à Capri, en sortant de la messe d'enterrement.

Quelqu'un qui pleurait la disparition d'Olivia lui a murmuré en guise de condoléances à la sortie de la messe : « Quelle chance vous avez eue d'avoir une sœur comme elle ! »

Et devinez ce que, sous couvert de plaisanterie, il a répondu : « Quelle chance elle a eue, elle, d'avoir un frère comme moi ! »

L'enfoiré.

Quand je pense qu'il n'est jamais allé la voir durant les deux ans qu'a duré son atroce maladie. Le même cancer du cerveau que leur père.

Ah, si ! Une fois. En soins palliatifs à la clinique Jeanne-Garnier… Quand elle ne pouvait plus parler.

Il était sorti furieux de sa chambre, me disant qu'il détestait les hôpitaux, que la maladie le bouleversait, que sa visite n'avait servi à rien, qu'il ne retournerait pas voir Olivia car son état allait lui donner des cauchemars. Bref, qu'il était trop sensible pour supporter ce spectacle.

Sur sa souffrance à elle, pas un mot.

Rien non plus sur la douleur de la perdre.

Vous allez encore croire que j'exagère. Mais des gens comme lui, je vous le jure, cela existe !

Elle avait tant désiré sa présence, elle l'avait tant réclamé à son chevet avant de devenir aphasique et aveugle que j'étais allée jusqu'à le harceler lorsque le médecin m'avait prévenue qu'elle n'avait plus que quelques jours à vivre.

J'aurais mieux fait de m'abstenir. En vérité, je m'en veux car je crains que l'apparition d'un frère aussi médiocre dans les derniers moments d'Olivia ait été *tout* sauf un réconfort pour elle !

Une évidence : au lendemain de sa disparition, il restait pour nous, les proches d'Olivia rassemblés sur ce petit bateau, absolument tout sauf cela – un réconfort.

Une plaie, ce type.

Assis sur le banc de part et d'autre de la barque, chacun d'entre nous vivait son deuil en silence et dans le recueillement.

Valentin, le dernier compagnon d'Olivia, tenait à deux mains l'urne qui contenait ses cendres. Elle nous avait demandé de les disperser dans la mer, très exactement ici, entre la baie de Naples et l'île de Capri, où elle avait jadis connu une relation passionnée avec un jules italien. Le jules avait disparu de longue date, mais le nom de Baia, l'incroyable cité romaine engloutie sous les eaux, demeurait pour elle le symbole du bonheur, du mystère et de la beauté. C'était même au souvenir de ce miroitement du soleil sur les vagues, à la vision de ce brasillement sur les ondes et de l'ombre fantomatique des statues dans les algues qu'elle s'était raccrochée jusqu'au bout.

Mon propre frère, Antoine, se trouvait à la barre. Il manœuvrait avec sérieux la petite embarcation à moteur que nous avions louée à la sortie du crématorium. Juste une barque de pêcheur réaménagée pour la baignade des touristes. Nous étions donc cinq adultes, entre quarante et cinquante ans. Nous, les cousins les plus proches d'Olivia, et son compagnon. Avec son connard de frère, pour cette cérémonie d'adieux entre le ciel et les flots.

Laurence, l'autre cousine du côté de son père, s'était installée près de Valentin. Grave, elle aussi. Et moi, en face d'eux, près d'*Il Professore*. Tous concentrés sur la mémoire d'Olivia.

Enfin « tous concentrés », c'est vite dit !

Depuis que nous avions quitté Capri où avait eu lieu la messe, Adrien nous bassinait avec un cours d'histoire, nous racontant ce qui s'était passé ici sous Néron.

— … Comme vous n'êtes pas sans le savoir si vous avez lu Tacite – ce que j'ose espérer –, Néron cherchait à se débarrasser d'Agrippine, sa mère. Il avait tenté de l'empoisonner plusieurs fois mais n'avait pas réussi. De guerre lasse, il l'avait invitée à un grand banquet de réconciliation. Il l'avait traitée somptueusement, lui rendant les honneurs dus à son rang, lui témoignant tout le respect d'un fils qui lui devait son trône, un fils plein de gratitude et d'amour.

— Franchement, on s'en fout de Néron et d'Agrippine, murmura Valentin.

Il Professore fit comme s'il ne l'avait pas entendu. Il poursuivit :

— Afin d'épargner à sa mère la fatigue d'un retour par la route, Néron lui offrit un superbe bateau pour la reconduire chez elle, dans sa propriété du bord de mer.

— Rien à foutre ! grommela de nouveau Valentin.

Avec son habituelle absence de tact, Adrien feignit de n'avoir pas capté.

Je crus devoir lui expliquer :

— Valentin veut dire que, dans ces circonstances, un discours sur Néron n'est peut-être pas très utile.

Peine perdue. Qu'importaient au *Professore* les « circonstances » et le chagrin du compagnon de sa sœur ?

Le voyage dans ces eaux l'excitait. C'était son domaine, son sujet. Il avait envie, besoin d'en parler. Couvrant le bruit du moteur de sa voix de stentor habitué aux amphithéâtres, il passa outre et continua.

— ... Ravie par tant d'égards, Agrippine accepta le présent et monta à bord avec le capitaine de sa garde et sa dame de compagnie, une servante du nom d'Acerronie.

— Rien à foutre ! répéta Valentin, cette fois très intelligiblement.

Il parlait maintenant trois tons plus haut qu'Adrien, et gardait le menton levé, les yeux fixés sur l'horizon, loin au-dessus du panama de mon cousin.

— En vérité, Néron avait fait trafiquer le bateau.

Mon frère Antoine, assis à la poupe, la barre entre les mains, échangea avec moi un regard où l'agacement le disputait à la colère. Les élucubrations d'Adrien n'allaient tout de même pas nous pourrir nos derniers moments avec Olivia, ce si court voyage sur les lieux où elle avait désiré disparaître !

Laurence, l'autre cousine, avait elle baissé le front. Elle contemplait ses pieds, bien décidée à ne rien entendre. Je sentais qu'elle luttait pour ne pas se laisser distraire de son chagrin par la violence qui montait autour d'elle.

— … Dans la somptueuse cabine que Néron avait fait aménager, le baldaquin du lit devait écraser sa mère sous une chape de plomb, tandis que le bateau lui-même se briserait en son milieu et coulerait durant la traversée : un naufrage qui ferait croire à la noyade d'Agrippine par accident. Malheureusement, le baldaquin, en s'écroulant, ne tua que le capitaine des gardes. Mais pas Agrippine ni sa dame de compagnie.

— Rien à foutre, rien à foutre, rien à foutre !

Le martèlement de Valentin avait, cette fois, couvert tous les bruits – le ronflement du moteur, le clapot des vagues et le monologue d'Adrien.

Pour ma part, je connaissais mal Valentin, et j'ignorais jusqu'où il pouvait aller. C'était un homme brun, de petite taille, râblé et très musclé. Il aurait pu, lui, passer pour un natif de Naples ou de Capri. Plasticien de son état, je le savais habitué à travailler des matières rudes, la pierre ou le fer. Il avait été témoin de la conduite du frère adoré à l'égard de la femme dont il partageait la vie, la femme que lui-même aimait et perdait : il avait vu la lâcheté d'Adrien durant la maladie d'Olivia. Et je savais qu'il le jugeait plus durement encore que moi.

Je remarquai que, sur le visage halé de Valentin, ses lèvres étaient devenues aussi pâles que le métal de l'urne funéraire qu'il tenait à bras le corps. Je remarquai aussi qu'il la serrait très étroitement contre lui, peut-être pour se contenir. Ne pas se lever et aller casser la gueule du *Professore*.

Ce que je ne comprenais pas, en revanche, c'était l'entêtement d'Adrien, cette rage à poursuivre. Même si je devinais qu'il s'était mis en tête de nous parler de ce qu'il jugeait, lui, nécessaire et passionnant en ce lieu. Qu'il comptait nous transmettre son savoir coûte que coûte, peu importait notre humeur. Il en avait décidé ainsi, et voilà, cela suffisait, tout était dit ! Et comme il ne supportait pas qu'on le contredise et qu'il ne voulait pas céder…

Cet endroit précis du golfe était d'autant plus important à ses yeux qu'il correspondait au lieu où s'était déroulé le matricide vingt siècles plus tôt.

En clair, Adrien se trouvait au paradis, il exultait.

— Écoutons *Les Annales*. Je vous les cite de mémoire, dans ma propre traduction : « Cependant le vaisseau tardait à s'ouvrir. Et ceux qui n'étaient pas du complot gênaient les autres pour accomplir leur forfait. Il vint alors à l'esprit des sbires de Néron de peser ensemble, tous du même côté, afin de submerger le navire et de le couler. Mais l'exécution ne fut point assez rapide. Les autres rameurs, ceux qui ignoraient tout, firent contrepoids et ménagèrent aux naufragées une chute plus douce en tombant dans l'eau. Acerronie, la dame de compagnie d'Agrippine, eut alors la mauvaise idée, pour ne pas dire l'imprudence, de crier : *Je suis Agrippine ! Sauvez-moi ! Sauvez la mère du prince !* On la tua à coups de rame, à coups de croc, on la noya avec tous les instruments qu'on avait sous la main. Agrippine, qui s'était tue, fut moins remarquée. Elle put nager vers sa villa et... »

Antoine avait coupé le moteur.

La barque dérivait.

Valentin se tenait debout, l'urne à bout de bras, presque en équilibre contre le minuscule bastingage, à peine une rambarde.

Le moment des adieux était venu.

Laurence et moi nous étions, à notre tour, levées. Antoine aussi.

Je me retournai vers Adrien, ordonnai :

— Viens. Nous allons disperser les cendres.

Il ne bougea pas mais commenta :

— Je n'ai jamais vu de « dernières volontés » aussi compliquées... Pourquoi ma sœur ne s'est-elle pas fait enterrer comme tout le monde ? Regardez l'ami Valentin : il va bientôt passer par-dessus bord avec le vase.

— Ta gueule !

Cette fois, c'était Antoine qui s'énervait. Au physique, mon frère était l'inverse de Valentin et d'Adrien : mince, les traits fins. Il m'avait toujours semblé l'incarnation du poète romantique, avec quelque chose d'un peu désuet.

Il détestait les conflits et aurait fait n'importe quoi pour les éviter. « Ta gueule ! » : un tel ordre, une telle grossièreté ne lui ressemblaient pas. Ils imposèrent le silence à Adrien, qui daigna enfin la boucler et nous rejoindre.

La lourdeur de son pas fit tanguer la barque, qui pencha brutalement d'un côté, menaçant de nous faire chavirer.

Valentin dévissa le couvercle de l'urne.

Il nous la présenta. Chacun devait jeter les mânes d'Olivia vers le soleil afin que les cendres retombent, telle une pluie d'étoiles, dans la mer. Valentin les lancerait en dernier.

Pour nous, l'instant était sacré, et nos gestes solennels.

Laurence, très croyante, priait.

Quand vint le tour d'Adrien… je ne sais pas ce qui se passa. Un roulis plus violent, un courant contraire – vraiment, je ne sais pas.

Il perdit l'équilibre et se rattrapa au bras de Valentin, lui faisant lâcher l'urne qui tomba à l'eau avec le reste des cendres.

Nous regardâmes l'urne disparaître sous la barque.

— Désolé, s'excusa Adrien. Mais quelle idée aussi ! C'était sûr.

Sous nos regards scandalisés, il esquissa le geste de retourner s'échouer à sa place.

— Ce que vous faisiez là était de toute façon illégal, se justifia-t-il avec légèreté. (Il tenta de plaisanter.) Certes, pas aussi illégal que l'acte de Néron dans la villa de sa mère, lui envoyant, la nuit de sa noyade manquée, ses spadassins lui trouer le ventre, mais…

Fut-ce la reprise de ce récit qui déclencha la fureur de Valentin ?

Avant qu'Adrien n'ait eu le temps de se rasseoir, il lui fonça dessus et, d'un coup de boule, l'envoya valdinguer par-dessus bord.

Cette fois, la barque manqua de chavirer pour de bon.

Valentin hurla à l'intention d'Antoine :

— Démarre !

Mon frère s'exécuta.

Dans un jet d'écume, la barque partit à fond la caisse, laissant Adrien se débattre et crier derrière nous.

Nous ne nous retournâmes pas, ne lui accordâmes pas un regard.

Laurence, la douce, la pieuse Laurence osa même un sarcasme :

— *Je suis* Il Professore *!* ironisa-t-elle, paraphrasant le texte de Tacite : *Sauvez-moi ! Sauvez le père de l'archéologie romaine !*

Je pouffai.

Valentin embraya plus sombrement :

— Il a de la chance, ce con, que je ne l'ai pas noyé à coups de rame sur la tête, comme la copine de sa putain d'Agrippine.

— On peut y retourner et terminer le boulot, si tu veux, gloussa mon frère.

Ce fut à moi de me fendre de la conclusion, une dernière phrase avant que ne retombe le silence :

— Il s'est toujours débrouillé : qu'il nage jusqu'à la côte, maintenant. Agrippine l'a bien fait !

Notre retour vers Capri se déroula sans incident, sans regret et sans plus un mot. Nous étions tous absorbés par notre deuil.

Ce que j'ignorais, ce que chacun de nous ignorait, c'est que, sorti de quelques brasses de façade, Adrien ne savait faire dans l'eau que « glouglou » et la planche.

Et que nous étions devenus quatre meurtriers, quatre assassins à jamais dans le même bateau.

Marc LEVY

Les Voyageurs

Depuis plus de vingt ans, Marc Levy est l'écrivain français contemporain le plus lu dans le monde, avec plus de 50 millions d'exemplaires vendus et des traductions en 50 langues. Son dernier roman, *La Symphonie des monstres*, a paru en octobre 2023 aux Éditions Robert Laffont/Versilio, un roman magistral, une grande aventure humaine au cœur de l'Histoire tumultueuse qui s'écrit aujourd'hui sous nos yeux.

Il faisait un froid de matin de décembre, bien que la lumière pourpre évoquât un crépuscule d'automne. Il était impossible dans cette pièce dépourvue de fenêtre de déterminer la saison.

Deux hommes, assis chacun dans un coin, se faisaient face. Depuis leur réveil, ils n'avaient pas échangé un mot. Il n'y avait rien pour les occuper ou les distraire. Ni table ni chaise, pas le moindre objet, rien d'accroché au mur, pas même une ombre au sol. Seulement ces deux âmes égarées là où le calme régnait en maître.

L'un d'eux posa sa main sur la terre et commença à dessiner le contour d'une tête.

— Depuis combien de temps sommes-nous ici ? demanda-t-il.

L'autre continua de se comporter comme s'il n'avait pas entendu.

— Pourquoi ne réponds-tu pas ?

Celui qui était avare de paroles se leva, avança vers la porte et s'arrêta pour l'observer. Il renonça à cogner dessus, tout comme il renonça à crier pour qu'on le laisse sortir. Il présageait qu'il aurait beau tambouriner, beugler de toutes ses forces, personne ne viendrait lui ouvrir. Il haussa les épaules et retourna s'asseoir, dos au mur.

— Fais comme tu voudras, reprit le premier. Il n'y a que nous ici, mais si tu préfères m'ignorer, cela te regarde.

— Nous sommes arrivés ensemble, tu devrais savoir aussi bien que moi depuis combien de temps nous croupissons ici. Pourquoi perdre ton temps à me le demander ? grogna le second.

— Parce que je n'arrive plus à m'en souvenir.

— Cherche encore, ça t'occupera, il n'y a rien d'autre à faire.

— Je n'ai pas besoin de m'occuper, je ne m'ennuie pas.

— Pourtant, tu tournes en rond.

— C'est toi qui t'es levé, moi je n'ai pas bougé.

Les deux hommes se regardèrent à nouveau. Celui qui avait dessiné le contour d'une tête l'effaça du bout du pied, affichant un air las.

— Quand j'étais petit, ma mère nous faisait compter les nuits où mon père n'était pas là, reprit-il. Elle les appelait les nuits de silence. À force de vivre sans lui, le silence était devenu pour moi la mesure du temps ; pour compter ses absences, les heures passées à l'école, celles vécues dans la solitude de l'enfance. C'est idiot, n'est-ce pas ?

— De quoi as-tu si peur pour avoir besoin de parler tout le temps ?

— Je n'en sais rien.

— Tu ignores depuis combien de temps nous sommes là, tu ne sais pas de quoi tu as peur, est-ce que tu sais quelque chose au moins ?

— Je sais que nous sommes-là depuis si longtemps que je n'arrive plus à compter nos silences.

— C'est sans importance, tu n'es plus un enfant, à ce que je sache.

— Et toi, tu n'as pas peur ?

— Si. De devoir te supporter dans cet endroit exigu.

— Tu te sentirais mieux si je n'étais pas là ?

— Probablement, tu m'empêches de réfléchir.

— Et peut-on savoir à quoi tu réfléchis ?

— À mon père. Tout à l'heure, ses traits étaient encore bien présents dans ma mémoire, mais depuis que tu as raconté cette histoire avec ta mère, je pense à lui et je n'arrive plus à voir son visage. Merde alors, on ne peut quand même pas oublier la couleur des yeux de son propre père !

— Qu'est-ce qu'il faisait dans la vie ?

— Il était haut gradé dans l'armée.

— Voilà pourquoi tu ne peux pas te souvenir de la couleur de ses yeux… À cause de la visière de sa casquette !

— Je te préviens, si tu te fous de la gueule de mon père, je te casse la tienne.

— Je ne peux pas me foutre de sa gueule alors que tu ne te souviens même plus à quoi elle ressemble… Tu me surestimes, je n'ai aucune imagination.

Ils se turent et le regard qu'il échangèrent tissa entre eux un lien intangible.

— Et le tien, de père ?

— Il était dans la milice, haut gradé lui aussi.

— Milicien, c'est un métier ?

— C'est le seul qui permettait aux hommes de mon village de nourrir leur famille.

— Adel.

— Qu'est-ce qu'il y a encore ?

— Pourquoi ne prononces-tu jamais mon prénom ?

— Je n'avais pas remarqué.

— Chez nous, on raconte que vous ne voulez pas savoir nos prénoms.

— Quelle étrange idée ! Et pourquoi ?

— On dit qu'apprendre le prénom de quelqu'un, c'est déjà le connaître un peu. Et c'est plus difficile de tirer sur quelqu'un qu'on connaît. Ce n'est pas idiot comme raisonnement.

— Peut-être, mais c'est chez vous qu'on raconte ça, pas chez nous.

— Moi je t'ai appelé par ton prénom, alors que tu n'as toujours pas prononcé le mien.

— Tu me fatigues avec tes raisonnements aussi idiots que toi et les tiens.

— J'aurais voulu que tu connaisses ma grand-mère, Adel.

— Ta grand-mère, ta mère, tu m'emmerdes avec ta famille, Nadar.

— Tiens, tu viens de dire mon prénom. Tu vois, tu commences à me connaître un peu, c'est bien, ça me fait plaisir.

— Ça me fait plaisir de te faire plaisir. Maintenant, laisse-moi réfléchir en paix.

— À quoi réfléchis-tu, Adel ? Ce doit être important pour que tu aies besoin d'un tel silence.

— À la façon de sortir d'ici !

— Tu devrais y réfléchir à deux fois. On n'est pas si mal, on se repose. J'étais épuisé, pas toi ?

— Tu me donnes raison, quand je dis que tu es idiot, Nadar, tu te contentes de ton sort.

— C'est à cause de ce genre de remarque que j'aurais voulu que tu connaisses ma grand-mère. Tu es incapable d'apprécier un moment de liberté.

— Être emmuré ici, tu appelles cela être libre ?

— Aucune tâche à accomplir et personne pour nous donner des ordres, c'est un début de liberté ; et puis, cela faisait combien de temps que tu grelottais la nuit, que tu suais le jour à en crever, que ton estomac était vide, que tu avais la gorge sèche et la peau croutée de poussière ? Ici, nous sommes tranquilles, il ne fait ni froid ni chaud, nous n'avons ni soif ni faim, et tu voudrais déjà sortir ! Qui est l'idiot ?

— Que vient faire ta grand-mère là-dedans ?

— Elle m'a appris la sagesse !

— Elle n'a pas dû te l'enseigner beaucoup.

— Je te préviens, Adel, si tu te moques de ma grand-mère, c'est moi qui te casse la gueule.

— Laisse nos familles en paix là où elles sont, et cesse de t'énerver pour un rien.

— Adel, tu sais pourquoi nous nous haïssons ?

— Ça aussi, tu l'as oublié ? Parce que tu es mon ennemi, Nadar, c'est ainsi.

— Nous ne savons rien l'un de l'autre et nous sommes ennemis ? Voilà qui donne à réfléchir, non ?

— Je n'ai pas besoin d'en savoir plus puisque nos pères se haïssaient déjà.

— Et cela te suffit, vraiment ? Pourquoi nos pères se haïssaient-ils ?

— C'est écrit dans notre histoire.

— Tu ne connais de l'histoire que ce qu'on t'a raconté ; tu as peur d'avouer ton ignorance.

— Très bien, alors vas-y, je t'écoute, puisque tu sais tout.

— Selon les mots de ma grand-mère, c'est elle qui savait tout…

— Mon Dieu, mais qu'est-ce que j'ai bien pu faire pour être enfermé ici avec toi ?

— Tu me fais bien rire. Ton Dieu, le mien, c'est le même, il change de nom quand il franchit la frontière.

— Nous ne parlons pas la même langue, nous ne fréquentons pas les mêmes écoles et ne disons pas les mêmes prières ; voilà des différences bien trop grandes pour que nous nous entendions.

— Je me fiche de toutes ces différences et je suis certain que toi aussi. Je te le redemande, pourquoi nous haïssons-nous ? Si tu le sais, dis-le et je jure devant mon Dieu de réfléchir avec toi à la façon de te faire sortir d'ici !

— Parce que tu avais l'intention de rester ?

— Je n'ai pas encore pris ma décision ; mais ne t'écarte pas du sujet. C'est vraiment une sale manie que tu as.

Adel se leva pour arpenter la pièce. Il longea les murs en comptant ses pas, et plus il réfléchissait à la question de Nadar, plus il lui sembla que le nombre de ses pas augmentait, comme si la pièce s'agrandissait. Au bout d'un certain temps, qu'il fût bien incapable de mesurer, ce ne fut plus une sensation, mais une certitude, ce qui le troubla beaucoup.

— Très bien, puisque tu prétends connaître la réponse, alors pourquoi nous haïssons-nous ? reprit-il en pointant son doigt vers Nadar.

— Je pense que tu le sais, seulement, c'est difficile à formuler, n'est-ce pas ?

— J'ignore de quoi tu parles, et puis qu'est-ce qui me prouve que tu me feras vraiment sortir d'ici ?

— Ce n'est pas ce que je t'ai promis. Je me suis engagé à réfléchir à tes côtés, et si le marché ne te semble pas suffisant, je te promets autre chose, mais c'est une surprise.

Sur ces mots, Nadar croisa les bras et attendit qu'Adel s'exécute.

— Bon, je vais te dire la vérité. Mais je te préviens, Nadar, si tu répètes ce que je vais te confier à qui que ce soit, je t'arracherai la langue.

Nadar esquissa un sourire et Adel révéla son secret.

— Nous avons peur de vous.

— Et pourquoi ? demanda calmement Nadar.

— Parce qu'à force de se mélanger les uns aux autres, vous avez fini par déteindre sur nous. Nous devons protéger ce que nous sommes, d'où nous venons, nos origines, voilà la raison. C'est de la légitime défense.

— Se préoccuper d'où l'on vient te semble plus important que de réfléchir à où l'on va ? Cela suffit à nourrir les tiens et à te rendre heureux ?

— Là n'est pas la question, cette terre nous appartient, nous y vivons depuis toujours !

— Comme nous, mais je me demande à quoi sert ce lointain passé, quand on n'arrive plus à se souvenir de la couleur des yeux de son père, et je suis sûr que tu ignorais presque tout de sa vie. Reconnais que c'est étrange.

— Je n'aurais rien dû te confier.

— Au contraire, tu as bien fait, et pour te le prouver, à mon tour de te faire une confidence. C'est pareil chez nous. Nos chefs sont aussi furieux que les vôtres. Si tu savais le mal qu'ils se donnent à entretenir la peur. C'est grâce à elle qu'ils ont pris le pouvoir, ils nous ont terrifiés. Ils ont dressé des murs pour enfermer la peur avec nous et pour mieux la nourrir, ils nous ont affamés. Quand leur pouvoir a vacillé, ils nous ont ordonné de vous tirer dessus, jurant que vous alliez tirer les premiers.

— Nous avons répliqué avec force !

— Pour eux, la preuve flagrante que vous nous vouliez du mal. Une pluie de feu s'est abattue des deux côtés, des bombes, des roquettes, des missiles. L'escalade, quoi !

Nadar, songeur, recommença à dessiner une tête sur la terre meuble. Cette fois, avec grand soin, il ajouta un nez, des lèvres, un cou et des épaules tombantes, puis avec d'autres traits, il lui donna un corps de femme.

— Tu ne réponds rien ? enchaîna-t-il.

— Je ne vois pas grand-chose à ajouter. L'escalade comme tu dis. Tu sais, Nadar, il y a une question que je n'ai jamais osé poser.

— Laquelle ?

— Oublie, c'est sans importance, je doute que tu connaisses la réponse.

— Si je te révélais que ton père avait les yeux bleus, tu m'accorderais plus d'intelligence ?

— Et comment le saurais-tu alors que tu ne l'as jamais rencontré ? s'insurgea Adel.

— Tu ne te regardes plus en face depuis longtemps, mais tu es face à moi et tu as les yeux bleus puisque tu as hérité de son regard, répondit Nadar. Cette question sans importance, quelle est-elle ?

Adel soupira et murmura :

— Tu crois qu'ils nous ont trahis ?

— Qui ?

— Les hommes de Dieu.

— Commençons par le début. Qui a créé l'homme ?

— Lui, évidemment ! répondit aussitôt Adel en levant ses mains vers un ciel qu'il ne pouvait pas voir.

— Tous les hommes ? reprit Nadar.

— Les hommes, les animaux, la mer, la terre, absolument tout. Où veux-tu en venir ?

— À ce qui me paraît soudain si évident, que quelque chose doit clocher dans mon raisonnement. Puisque Dieu a tout créé, c'est Lui qui a décidé que nous ne serions pas de la même couleur, Lui qui les a inventées, ces couleurs, Lui encore qui a voulu que nous ne parlions pas tous la même langue, que nous ne vivions et ne Le priions pas de la même façon, que nous L'appelions par différents noms ?

— Tu es en train de dire que c'est Dieu qui a inventé la différence ?

— Je n'affirme rien, je constate. Comment est-il possible que ceux qui prétendent parler en Son nom nous ordonnent de combattre et de détruire ce qu'Il a souhaité ?

— Tu reconnaîtras que Dieu s'est un peu compliqué la tâche et la nôtre avec. Si nous étions semblables, la vie serait beaucoup plus facile.

— Probable, mais beaucoup plus ennuyeuse, je dirais même d'une monotonie à mourir.

— Tu ne crois pas que tu exagères un peu ?

— J'exagère ? Dis-moi que tu ne dépéris pas depuis que nous sommes coincés dans cette pièce aux murs ternes ! Tu ne rêvais pas de sortir pour retrouver ta vie ? Tu ne donnerais pas le meilleur de toi pour pouvoir courir sur nos collines, marcher dans les rues de nos villes où même la lumière change au fil de la journée, respirer ses milliers d'odeurs, entendre à nouveau tous ses bruits, admirer ses couleurs ?

— Je ne dis pas le contraire, bien que je ne m'ennuie plus depuis que nous discutons.

— Et qu'est ce qui a éveillé ton intérêt au point de te faire oublier la monotonie de ce lieu, de quoi parlons-nous depuis tout à l'heure ?

— De nos différences… concéda Adel.

Ce qui eut pour effet de plonger les deux hommes dans une réflexion abyssale.

— Tu crois que si on révélait cela à nos proches cela changerait quelque chose ? finit par demander Adel.

— Ça vaut peut-être la peine d'y réfléchir.

— C'est tout réfléchi, il faut aller leur dire que ceux qui nous ordonnent de tuer, ceux qui racontent que sacrifier la vie au nom d'un Dieu leur ouvrira les portes de Son paradis, sont des menteurs.

— Ils ne t'écouteront pas, ils les craignent trop pour avoir ce courage.

— Probable, mais si nous sommes aussi peureux qu'eux, nous serons aussi coupables. Prouver que la différence est le chef-d'œuvre de Dieu est une découverte qui pourrait bouleverser le monde !

— Je crois que tu exagères vraiment, Adel.

— Un remède universel à la haine serait une exagération ? Combien de vies seraient épargnées, combien de richesses créées si nous unissions nos forces au lieu de nous détruire ? Si tu veux mon avis, ça mériterait un prix Nobel ! Il faut se mettre en route sans tarder.

L'air grave, Nadar fixa la porte.

— Il doit bien y avoir un moyen de sortir d'ici, poursuivit Adel.

— Elle est ouverte, murmura Nadar.

— Tu le savais et tu ne m'as rien dit ?

— Je t'avais promis de t'aider à sortir et je viens de tenir parole. Je ne regrette rien ; si je te l'avais avoué tout à l'heure, tu aurais déguerpi aussitôt et nous n'aurions pas eu cette conversation. Je n'aurais pas pu te connaître et tu n'aurais eu aucune chance d'avoir ton prix Nobel. Alors remercie-moi au lieu de me faire des reproches. La porte est ouverte, tu peux t'en aller maintenant.

— Viens avec moi, je n'y arriverai pas tout seul. Pendant que je convaincrai les miens, tu en feras autant avec les tiens. Allez, lève-toi, Nadar.

— Je doute que tu puisses dire quoi que ce soit à qui que ce soit.

— Pourquoi ce défaitisme soudain ?

— Parce que pendant que tu rêvais de gloire, la mémoire m'est revenue. Je connais la raison pour laquelle nous sommes ici, Adel.

— Et cette raison nous interdit d'aller parler à nos frères ?

— Nous sommes morts. Nous avons perdu la vie au même moment, voilà pourquoi nous sommes réunis ici. Je ne pourrais pas te dire à quand cela remonte, je n'ai plus aucune notion du temps, mais je me rappelle la façon dont ça s'est passé. Nous étions en guerre, on s'est tirés dessus. Tu te souviens maintenant ?

— Qui a tiré le premier ?

— Ceux qui à l'abri de leurs palais nous ont envoyés sur les champs de bataille.

Adel et Nadar échangèrent un regard triste.

— Si nous avions pu raconter ce que nous savons maintenant, soupira Adel, il n'y aurait peut-être pas eu de guerre.

— Si nous l'avions compris avant de nous entretuer, on n'y serait pas allés, répondit Nadar. Allez, viens, la lumière diminue, il est temps de partir.

La porte s'ouvrit sur une vaste plaine où les saisons changeaient dès qu'on les évoquait. Les deux hommes firent quelques pas côte à côte, puis Nadar posa sa main sur l'épaule d'Adel.

— Tout n'est pas vain, puisque maintenant nous nous appelons par nos prénoms.

— Tu n'as pas peur, Nadar ?

— Tu n'avais pas peur de mourir, tu l'as crié du haut de la colline quand on se faisait la guerre.

— Je mentais, je croyais à une vie après la vie, pour me donner du courage. Une vie meilleure que celle que nous avons connue.

— Une vie sans peur, ce serait déjà beaucoup. Fais bonne route, l'ami.

— Toi aussi, l'ami, fais bonne route.

Arrivé à la croisée de deux chemins, Adel fit un geste de la main que Nadar lui rendit et chacun se mit en marche. Adel se jura de prononcer le prénom de son ami chaque soir, avant de fermer les yeux. Il ressentit un vide au fond de sa poitrine, un prénom ne suffirait pas, il aurait voulu le connaître et partager cette conversation plus tôt ; il se retourna pour le lui dire, mais Nadar avait déjà disparu.

Alors Adel haussa les épaules et sourit encore plus, parce que, de son vivant, il n'aurait jamais eu le courage de se faire un tel aveu. Et ce courage fit naître en lui une merveilleuse chaleur.

Ce fut sa dernière pensée et le monde s'effaça.

Marcus MALTE

Mon bateau blanc
ou
l'Histoire d'un naufrage

Romancier et nouvelliste, Marcus Malte écrit des romans noirs, destinés aux adultes ou parfois à la jeunesse, qui ont été couronnés de nombreux prix. On peut citer, entre autres, le Prix Polar dans la ville, le Prix Sang d'Encre, le Prix Millepages, le Prix des Lecteurs Quais du Polar, le Grand Prix des Lectrices de *ELLE* et le Prix Femina. Son dernier roman, *Aux marges du palais*, a paru en août 2024 aux Éditions Zulma.

Il s'est abîmé dans la mer
Mon beau bateau mon bateau blanc
Trop lourd du poids de mes misères
Rouillé par l'écume des ans
Un soir de lune pleine et entière
Il a sombré tête première
Dans l'amertume d'un océan

Il s'est abîmé dans la mer
Mon beau bateau mon bateau blanc

Lorsque nous partîmes naguère
Sabres au clair bannière au vent
Oh les fringuants petits corsaires
Ce n'étaient là que lames d'enfants
Faites de rêves et de bois vert
Et pavillon de joie légère
Tissé de soie et de serments

Il s'est abîmé dans la mer
Mon beau bateau mon bateau blanc

Nous étions neufs nous étions fiers
Oh les flibustiers insouciants
Avides de croiser le fer
Avec les sirènes aux doux chants
Affamés du cœur de nos frères
Nous n'avions pas l'âme guerrière
Mais amoureuse exclusivement

Il s'est abîmé dans la mer
Mon beau bateau mon bateau blanc

Nous cherchions l'or et la lumière
Las nous errâmes trop longtemps
Dans un décor crépusculaire
Entre des frères indifférents
Et des sirènes étrangères
En vain nous guettâmes la terre
Où poussaient ces cœurs et ces chants

Il s'est abîmé dans la mer
Mon beau bateau mon bateau blanc

D'abord vaisseau et puis galère
Mon beau bateau a fait son temps
Au milieu des bancs de chimères
Nul phare en vue là-bas devant
Non plus que de port là-derrière
Son long voyage en solitaire
S'est achevé solitairement

Il s'est abîmé dans la mer
Mon beau bateau mon bateau blanc

Agnès Martin-Lugand

On ne savait pas comment vous le dire…

Agnès Martin-Lugand est l'auteur de onze romans, tous salués par le public et la critique. Avec des millions d'exemplaires vendus, elle a conquis le cœur des lecteurs en France comme à l'étranger, et est devenue en quelques années une des romancières préférées du public. Son dernier roman, *L'Homme des mille détours*, a paru en septembre 2023 aux Éditions Michel Lafon.

Je comptais les jours. Impossible de canaliser mon impatience à l'idée de revoir mon fils. Son dernier passage – éclair comme toujours – remontait déjà à plus de six mois. Depuis l'instant où il nous avait annoncé son désir de parcourir le monde pour le rendre meilleur, plus beau, et plus respectueux de la nature, j'avais senti que je ne me ferais jamais totalement à son absence. Peut-on ne pas ressentir le manque de ses enfants ? J'en doutais. Même lorsqu'ils sont grands, adultes, mûrs et plus que capables de se débrouiller sans nous. De la même manière, j'avais toujours considéré que l'on n'avait pas des enfants pour les garder enfermés auprès de soi toute sa vie au point de ruiner la leur. Ce qui ne m'empêchait pas, certains jours, de me réveiller en nourrissant le rêve inaccessible d'envoyer un message à mon fils pour lui proposer un café vite fait ou un déjeuner sur le pouce. Je quittais mes songes, le cœur pincé, et puis je me rappelais qu'il était heureux, qu'il s'était trouvé, qu'il ne pouvait pas être plus épanoui. Vie qui me remplissait de fierté.

— Tu penses à Dimitri, j'imagine ? me dit Éric, pince-sans-rire.

— Je suis bien transparente, lui répondis-je en riant.

— Vu ton air niais, deux solutions s'offraient à moi, soit ton fils, soit un amant !

— Imbécile ! rétorquai-je en lui donnant un coup de coude.

D'office, il nous servit un verre de vin. On s'accouda à l'îlot central de notre cuisine.

— Quand arrive-t-il ? Il t'a donné plus de précisions ?

— Non… il est censé débarquer dans moins d'une semaine. Mais il ne répond à aucun de mes messages depuis deux jours.

Contrairement au manque, j'avais fini par m'habituer à ses silences.

— Et Louise ? Tu crois qu'elle va pouvoir passer le week-end avec nous quand il sera là ? Ce serait tellement bien que l'on puisse se retrouver tous les quatre…

Dimi et Louise s'étaient toujours merveilleusement bien entendus. C'étaient eux qui nous avaient présentés l'un à l'autre alors qu'ils étaient à l'école primaire. Quand Éric et moi avions entamé notre histoire, cinq ans après notre rencontre, Louise n'avait pas vécu avec nous, elle était restée auprès de sa mère à une centaine de kilomètres de chez nous. Elle passait un week-end sur deux et la moitié des vacances à nos côtés et toujours quand Dimitri était à la maison et pas chez son père. Nos enfants avaient naturellement renoué leur amitié, comme deux camarades de classe. Pourtant, dernièrement, nous avions senti un éloignement entre eux. Louise ne nous demandait plus de nouvelles de Dimitri lorsqu'elle venait nous rendre visite. Mon fils n'évoquait pas plus Louise. Au début de la nouvelle vie de Dimi, elle était capable de remuer ciel et terre pour être présente en même temps que lui. Mais les dernières fois où mon fils était passé nous voir, Louise avait brillé par son absence. À bien y réfléchir, ils n'avaient pas dû se voir depuis plus d'un an.

Éric caressa délicatement ma joue.

— Je suis d'accord, moi aussi j'en ai très envie. Mais ma fille s'est transformée en courant d'air depuis qu'elle a commencé son stage dans ce zoo !

Il secoua la tête, dépité. Autant Éric était fier de sa fille, autant il avait perdu le mode d'emploi pour communiquer avec elle. J'essayais bien de le rassurer en lui disant que c'était de son âge. À vingt-trois ans, on ne se confie plus à ses parents, on est en quête perpétuelle de liberté.

— Je ne la suis plus ! Elle a toujours eu en horreur ce genre d'endroit !

— Je sais...

Louise était passionnée par les animaux, à tel point qu'elle mettait tout en œuvre pour en faire son métier, réussissant avec brio ses études vétérinaires. Je n'avais rien à répondre à Éric pour apaiser ses craintes. Avec les années, Louise et moi avions développé une belle complicité. Elle se tournait vers moi quand elle sentait que son père se fermerait à ses choix, ses avis, ses questions. Mais depuis quelque temps, je faisais moi aussi les frais de son mutisme. Elle ne me disait plus rien, ne me rappelait plus lorsque je lui téléphonais, se contentant de textos vagues.

— En même temps, vu la tournure que prend la carrière de ma fille, je ne suis pas certain que ce soit une bonne idée qu'elle vienne pendant que Dimitri est là. Si c'est pour qu'ils s'écharpent...

Il était certain qu'il sortirait de ses gonds en découvrant un truc pareil. Lui qui se battait au quotidien pour la bientraitance animale et le sauvetage de la planète ne cautionnait pas que l'on puisse enfermer des animaux en cage.

— Comment ont-ils pu s'éloigner à ce point… soupirai-je.

Deux jours plus tard, alors que nous allions passer à table, la sonnette retentit. Avec mon air le plus aimable, j'allai accueillir l'importun qui osait nous déranger. Je fus abasourdie de découvrir derrière la porte mon ex-mari, le père de Dimitri.

— Fabrice ? Qu'est-ce que tu fais là ?

— Crois-moi, Sophia, j'aurais vraiment préféré être ailleurs que chez toi un vendredi soir.

Un mauvais pressentiment m'envahit à l'instant où je remarquai ses traits tirés malgré la pénombre. Cela ne pouvait concerner que notre fils, qui n'avait toujours pas donné de signe de vie.

— Il est arrivé quelque chose à Dimitri ?

— Oui… non… enfin si, mais rien de grave… Il n'a pas eu d'accident… Il n'est pas en danger… en revanche, il est dans la merde.

— Je ne comprends rien ! m'énervai-je. Explique-moi.

— Éric est là ?

— Bien sûr ! Pourquoi ?

— Je dois le voir lui aussi. Je peux entrer ?

De plus en plus perplexe, je me décalai pour le laisser passer. Il avança dans la maison pour finir par trouver Éric derrière les fourneaux.

— Bonsoir, Éric.

— Qu'est-ce que tu fais là ? lui rétorqua-t-il.

— Vous avez le sens de l'accueil, tous les deux !

Éric s'ébroua, il avait beau ne pas être ravi de découvrir mon ex-mari en face de lui, il ne voulait en aucun cas paraître impoli.

— Excuse-nous, mais reconnais que l'on a de quoi être surpris !

— Ouais, concéda Fabrice. On peut boire un verre ? On va tous en avoir besoin.

Il s'écroula sur un tabouret. Éric ouvrit une bouteille, nous servit et, une fois installé, me lança un regard interrogatif face au silence de mon ex-mari.

— À première vue, Dimitri a des ennuis, lui expliquai-je.

— Y a pas que ça, m'interrompit Fabrice. Ta fille aussi est concernée…

— Quoi ? s'écria Éric en bondissant de sa chaise. Il lui est arrivé quelque chose ? Impossible, je vais l'appeler.

Il se jeta sur son portable.

— Je tombe directement sur son répondeur, s'énerva-t-il.

— Elle ne peut pas te répondre, lui apprit Fabrice. Elle et Dimitri sont en garde à vue.

— Pardon ! s'insurgea Éric en blêmissant à vue d'œil.

— Je savais bien que cette histoire finirait par dégénérer à un moment ou à un autre, marmonna Fabrice. On n'aurait jamais dû le laisser poursuivre dans cette voie.

— Je n'en ai rien à faire de tes états d'âme ! gueula Éric. Comment ma fille peut-elle être en garde à vue avec ton fils ? Dans quelle combine l'a-t-il entraînée ? Franchement, on ne peut pas lui faire confiance !

Leurs voix s'élevèrent immédiatement. J'étais incapable de me concentrer sur leurs propos, car je me liquéfiais sur place, assaillie par des images de Dimi et Louise en prison, entourés de criminels. Insupportable. Incompréhensible. Dans le brouillard qui m'enveloppait, j'assistais à la métamorphose d'Éric ; il reprenait sa casquette de père protecteur qu'aucun obstacle ne devait entraver alors que Fabrice redevenait mon allié en prenant la défense de Dimitri. Je sentais au plus profond de moi que si mon fils était véritablement responsable de la situation dans laquelle se trouvait Louise, je risquais de perdre Éric. Quoi qu'ait pu faire Dimitri, je serais toujours là pour le protéger, prendre soin de lui. Je ne serais pas une mère qui cloue au pilori son enfant. Mon homme, de son côté, serait incapable de lui pardonner d'avoir pris le risque de briser la vie de sa fille. Il serait intransigeant, il couperait tout lien avec lui. Pourrais-je le supporter ? L'accepter ? Je connaissais déjà la réponse.

— Stop ! criai-je pour qu'ils se taisent.

Ils semblèrent se souvenir que j'étais là. Particulièrement Éric, dont le regard affligé me confirma que notre couple était peut-être en danger depuis quelques minutes.

— On est dans le même bateau, merde ! leur lançai-je. Ça ne va nous servir à rien que vous vous engueuliez !

Mon ex-mari leva les bras en signe de reddition. Éric, lui, soupira profondément, avant de se rasseoir à sa place. Je le connaissais suffisamment pour savoir qu'il mettait tout en œuvre pour retrouver le calme qui le caractérisait. Fabrice en fit de même.

— On sait tous ici (et je m'adressai plus particulièrement à Éric) que Dimitri est incapable de faire quelque chose de mal, encore moins qui mettrait Louise en danger. Pour le moment, on doit juste savoir s'il existe un moyen de les faire sortir de là. Ça ne peut être qu'une erreur ! Fabrice, s'il te plaît, raconte-nous.

— Je l'ai eu très rapidement. Ensuite, c'est l'avocat commis d'office qui m'a parlé, je peux juste vous dire ce que j'ai compris.

Il inspira profondément, comme pour se donner du courage, et se lança dans son récit. Au cours de ses multiples pérégrinations, Dimitri avait sympathisé avec des militants pour la préservation de la vie sauvage des animaux. Il avait passé pas mal de temps en leur compagnie et avait eu envie d'agir à leurs côtés. Même si, sur le papier, il était opposé à toute forme d'exploitation des animaux – exploitation qu'il pouvait voir dans certains zoos –, il n'était pas totalement buté. Avec les différentes expériences accumulées ces dernières années, il avait pu constater par lui-même que certains de ces lieux représentaient un havre de paix pour des bêtes malmenées, que, parfois, il existait même en leur sein des cliniques dont le but était de soigner les animaux avant de les relâcher dans la nature. Il comprenait le souhait de ses nouveaux compagnons de passer à l'action dans des cas particuliers, mais il désirait aussi leur prouver qu'ils avaient tort parfois en ciblant certains lieux. Au détour d'une conversation, il avait évoqué le stage de Louise dans un zoo qui faisait partie de la catégorie vertueuse. Éric et moi échangeâmes un regard surpris. Nos enfants n'avaient donc pas totalement coupé les ponts. Ses nouveaux amis avaient sauté sur l'occasion, partageant leur intérêt à l'idée de découvrir ce type d'endroit. Dimitri avait parlé du projet à Louise, qui avait été immédiatement conquise. Les militants leur apprirent qu'ils étaient fichés pour activisme et qu'ils étaient interdits de zoo. C'est à ce moment que nos enfants auraient dû sentir l'arnaque ; ils avaient clairement manqué de discernement. Car, Louise, avec sa candeur, avait alors proposé de les faire entrer de nuit ; elle avait toutes les clés et était déterminée à leur prouver qu'ils se trompaient.

— Ils se font fait choper ? demanda Éric.

— Pire, ils se sont fait avoir sur toute la ligne. Ces types étaient là pour voler des animaux.

— Mon Dieu, soufflai-je.

— D'après ce que j'ai compris, Louise ne connaissait pas tout le système de surveillance. Ils ont été repérés très rapidement et embarqués par les flics aussi sec. Ce qui peut les sauver, ce sont justement ces caméras. Dimitri et Louise ont tout essayé pour les empêcher de passer à l'action dès qu'ils ont compris ce qu'ils trafiquaient, et tout a été filmé d'après l'avocat.

Il s'interrompit quelques secondes et se passa une main fatiguée sur le visage, avant de reprendre :

— Éric, crois-moi, Dimi en est malade, d'avoir entraîné Louise avec lui. Pendant les quelques minutes où j'ai pu l'avoir, il ne parlait que d'elle, il s'inquiète bien plus pour elle que pour lui.

Le silence envahit alors toute la pièce.

— Que peut-on faire ? finis-je par demander.

— Pas grand-chose à part attendre, me répondit Fabrice.

Éric se leva et se mit à arpenter la pièce.

— Tu as une idée ? lui demanda le père de Dimitri.

— Rien de bien concret, mais... je... je suis incapable de rester là les bras ballants à attendre que le téléphone sonne. Je crois que je vais y aller, ne serait-ce que pour voir ce que vaut leur avocat.

— Tu ne vas pas partir maintenant ? lui demandai-je, légèrement paniquée.

— Non, bien sûr que non, ne t'inquiète pas, me répondit-il avec un sourire doux aux lèvres. Je vais dormir un peu, au moins essayer, et je prends la route demain matin. Avec un peu de chance, quand j'arriverai, ils seront sortis d'affaire et je pourrai les ramener à la maison.

— Je viens avec toi, lui annonça Fabrice.

Ils se jaugèrent un long instant. Ils n'avaient rien en commun si ce n'était moi. Ils ne se ressemblaient absolument pas, ils avaient plutôt tendance à rouler des mécaniques lorsqu'ils étaient en présence l'un de l'autre – ce que je trouvais ridicule. Là, ils étaient prêts à former une alliance pour leurs enfants respectifs. Je n'essayai même pas de m'immiscer entre eux. Ils étaient deux pères et n'avaient aucunement besoin que je détruise l'équilibre précaire qu'ils tentaient de construire pour venir en aide à nos enfants. Au contraire, mon rôle était plutôt de les rassurer.

— C'est une bonne idée, murmurai-je.

Éric acquiesça d'un signe de tête.

— De mon côté, je reste ici, si vous avez besoin que je vous envoie des papiers, je pourrai m'en charger, c'est très bien que l'un d'entre nous soit à la maison.

Ils se mirent d'accord sur leur heure de départ, et Fabrice fila chez lui pour tenter de se reposer. Sitôt qu'il eut disparu, le silence revint entre Éric et moi. Il soupira longuement avant de se tourner dans ma direction.

— Je dois prévenir la mère de Louise, ça ne va pas être une partie de plaisir, me dit-il.

Il m'embrassa dans les cheveux et disparut dans le jardin. En débarrassant le dîner que nous ne dégusterions pas – la faim nous ayant désertés –, malgré la baie vitrée fermée, j'entendis la conversation houleuse entre les parents de Louise. Conversation qui s'éternisa, à tel point que je décidai d'aller me coucher, du moins de m'allonger dans notre lit.

Quand Éric finit par me rejoindre, il se glissa près de moi et plongea la chambre dans l'obscurité. Après de longues minutes, il m'attira enfin contre lui.

— Excuse-moi pour ma réaction vis-à-vis de Dimitri. Mes mots ont largement dépassé ma pensée… Tu sais que j'aime ton fils et que je suis fier de lui… mais imaginer une seule seconde que Louise soit en danger m'a fait dérailler…

— C'est dur, mais je comprends… Si ça avait été l'inverse, j'aurais certainement réagi comme toi… Je peux te faire confiance pour ne pas lui tomber dessus demain quand tu le verras ? enfin si tu le vois...

— Son père sera là pour le défendre, me répondit-il avec un sourire dans la voix, mais compte sur moi pour le protéger et le défendre tout autant que Louise.

— Merci, chuchotai-je d'une voix tremblante.

L'angoisse et le chagrin s'abattirent sur moi après ces heures de lutte pour ne pas craquer. Je sanglotai toutes les larmes de mon corps, rongée par l'inquiétude et le manque de mon fils.

— Tout va s'arranger, j'en suis certain, me dit Éric en me berçant contre lui. Dimitri et Louise se sont fait avoir… Ils sont trop innocents, crédules… La justice ne peut être que clémente pour eux… Ce que je vais te dire est complètement dingue, mais je suis admiratif de ce qu'ils ont tenté de faire…

Lorsque je réussis à me calmer, je fus stupéfaite d'entendre Éric rire légèrement.

— Qu'y a-t-il de drôle ? lui demandai-je.

— Je cherche par tous les moyens à me détendre, et je t'avoue que l'idée de passer un temps indéterminé enfermé dans ma voiture avec Fabrice me fait rire. Il n'y a vraiment que Louise et Dimitri qui pouvaient nous réunir de cette façon !

J'éclatai de rire à mon tour. Nos nerfs se relâchaient, ne serait-ce que brièvement, mais tout était bon à prendre.

— En tout cas, dans toute cette histoire, il y a une bonne nouvelle : Louise et Dimitri s'entendent toujours aussi bien.

— Surtout pour les conneries ! Je commence à craindre ce qu'ils nous réservent à l'avenir.

Le lendemain matin, Éric me prit contre lui avant de monter dans la voiture. Fabrice et lui étaient convenus qu'il passerait le récupérer chez lui.

— Je t'aime, Sophia, murmura-t-il, la vitre baissée. Je suis confiant, on va très vite les ramener à la maison. Et là, tu pourras serrer ton fils dans tes bras et l'engueuler !

Je réussis à lui sourire. Je fixai sa voiture jusqu'à ce qu'elle disparaisse au coin de la rue.

Je vécus les trente-six heures suivantes comme dans du coton, me demandant même dans quelle dimension j'étais tombée. Il y eut les appels durant le trajet en voiture où Fabrice et Éric me parlaient en même temps, me donnant l'impression d'être des amis de longue date. Et puis la sidération enfla quand l'ex-femme d'Éric me téléphona. En tant d'années, c'était quasi la première fois que nous nous parlions vraiment. Elle vivait loin de chez nous et mettait tout en œuvre pour m'éviter. J'eus la surprise de découvrir une femme charmante, et bien sûr inquiète, tout comme moi. Elle voulait savoir si j'avais des nouvelles, elle craignait de déranger Éric. Nous étions les deux mères isolées dans nos maisons respectives attendant le retour de nos petits.

Lorsque Fabrice et Éric arrivèrent sur place, ils furent accueillis par l'avocat, qui menait parfaitement son dossier. Les enfants sortiraient de garde à vue le soir même. Bien sûr, il y aurait un procès, mais leur bonne foi, leur coopération plaidaient pour eux. Leur condamnation avait toutes les chances d'être minime. Éric m'appela immédiatement pour m'annoncer la bonne nouvelle. Nous pouvions laisser la tension retomber. Je savais au plus profond de moi que nos enfants n'avaient rien fait de mal, les preuves parlaient d'elles-mêmes, à première vue. Mais difficile de ne pas craindre la justice. Je me reposais intégralement sur la confiance de l'avocat et sur le ton d'Éric, chargé d'espoir et de calme. Tout allait bien. Ou plutôt tout irait bien.

Il me faudrait encore être patiente avant de tous les retrouver. Ils ne pourraient reprendre la route que le lendemain ; il restait de la paperasse à régler, et l'avocat voulait continuer à préparer au mieux leur défense. Ils allaient donc tous dormir dans le minuscule appartement de Louise. Les imaginer tous les quatre dans ce studio d'étudiant acheva de me détendre.

Je ne cessais de jeter des coups d'œil à la fenêtre ; ils devaient arriver d'une minute à l'autre. Mon téléphone sonna. Fabrice.

— Éric vient de me déposer à l'instant. Tu vas bientôt les retrouver.

— Merci ! Comment tu vas, toi ?

— Crevé, ce n'est plus de notre âge de dormir par terre, mais je suis soulagé. Tu vas t'en rendre compte toi-même, notre fils a brusquement mûri… Et je crois qu'il a de nouvelles envies.

— C'est-à-dire ?

Il ricana gentiment.

— Je te laisse découvrir par toi-même ! Sinon, je voulais te… Éric est vraiment un type bien, ça vient un peu tard, mais je le pense. Nous aussi, ça nous fait grandir de traverser cette histoire ensemble.

— Je suis contente… Alors on pourra envisager de faire des fêtes de famille tous ensemble ?

— On ne va pas avoir le choix. Allez, je te laisse, ma petite femme m'attend.

— Oui, bien sûr ! À bientôt, Fabrice.

Je raccrochai, perplexe. Je n'eus pas le temps de m'appesantir davantage sur les sous-entendus de Fabrice auxquels je ne comprenais rien, car j'entendis la voiture se garer. Éric pénétra en premier dans la maison. Je remarquai ses cernes alors qu'il me prenait contre lui.

— Je suis soulagé d'être rentré.

— Et moi heureuse de te retrouver. Ça va, les enfants ?

Il leva les yeux au ciel, à demi amusé.

— Ils tiennent le coup… Tu te rappelles l'autre soir, on se demandait quelle surprise ils nous réserveraient à l'avenir… Eh bien, moi, j'en connais déjà une, et je ne m'y attendais pas… Je ne suis même pas sûr d'avoir digéré…

— Hein ?

— Bonjour, maman, nous interrompit Dimitri.

Je lâchai Éric et découvris mon fils et son air penaud. Je m'en moquai et me jetai sur lui, je le serrai au point de l'étrangler. Il se laissa faire, mais je le sentais trembler contre moi.

— Je te jure que tu vas te prendre la pire engueulade de toute ta vie ! lui dis-je, continuant de l'étreindre. Je te croyais plus intelligent ! Tu es trop gentil...

— Pardon, maman, je suis désolé de t'avoir inquiétée comme ça. J'ai été nul, stupide, je le sais, et j'ai honte...

— Sophia, m'interpella Louise, je suis tout aussi responsable que Dimi.

— Ma chérie, viens là, lui dis-je en l'attrapant contre moi. Je pense que ton père a dû se charger de te dire ce qu'il pensait, je ne vais pas en rajouter une couche.

Je les lâchai enfin et caressai leurs joues.

— Le principal est que vous soyez rentrés à la maison. On va tout faire pour qu'il n'y ait pas trop de conséquences sur votre avenir. On va se battre à vos côtés. Allez, venez, on va partager un bon dîner tous ensemble, en famille.

Je les vis tressaillir. J'interrogeai du regard Éric ; il eut un sourire en coin et partit ouvrir une bouteille de vin. Sur le chemin pour le rejoindre, je me tournai, trouvant étrange de ne pas entendre Louise et Dimi. Éric eut tout juste le temps de me rattraper avant que je tombe par terre. Nos enfants se tenaient par la main, comme des amoureux, c'était sans équivoque.

— Qu'est-ce que... qu'est-ce que ça... signifie ? m'étranglai-je.

Les deux avancèrent vers nous d'un air timide. Éric me tendit un verre que je sifflai presque cul sec, au risque de m'étouffer.

— Tout le monde s'installe, et tu vas écouter ce qu'ils nous ont expliqué à Fabrice et à moi, hier soir.

Quelques minutes plus tard, nous étions tous autour de la table. Impossible de détacher mon regard du couple que formaient nos enfants. Impossible et pourtant, eux deux, ça sonnait comme une évidence.

— Maman, commença Dimitri, on ne savait pas comment vous le dire…

— Évidemment, on aurait préféré le faire dans un autre contexte, poursuivit Louise. Mais… plus le temps passait, moins on savait comment vous le dire.

— Ça fait combien de temps ? demandai-je en retrouvant ma voix.

— Un an et demi.

— Quoi ? braillai-je.

— Maman, écoute-moi, s'il te plaît.

J'acquiesçai d'un signe de tête.

Louise avait rejoint Dimitri durant un de ses voyages à l'autre bout du monde. Nous le savions et avions imaginé que cela s'était mal passé entre eux, puisque cela avait marqué le début de leur éloignement. Nous nous étions trompés sur toute la ligne. Leur séjour ensemble s'était plus que bien passé, ils s'étaient souvenus avec émotion qu'ils avaient été des amoureux d'école primaire – ce qui nous avait permis de nous connaître, Éric et moi. Dans la foulée, ils avaient réalisé qu'ils ne s'étaient jamais considérés comme frère et sœur, mais plutôt comme meilleurs amis. Au moment du retour de Louise en France, ils avaient compris ce qui se passait entre eux. Ils avaient eu peur, peur de ce que cela engendrerait, peur de notre réaction. Ils avaient essayé un temps de lutter. En vain. Dimitri, sans rien nous dire, était allé la voir et, à partir de là, ils avaient entamé leur histoire. Ils s'étaient jurés, et voulaient nous assurer, que, quoi qu'il se passe entre eux, cela n'interférerait en rien dans notre vie de famille recomposée, ils se sentaient assez mûrs pour traverser une rupture et ne pas nous la faire subir et, de toute manière, ils étaient surtout et avant tout sûrs de leurs sentiments. Depuis, ils cherchaient désespérément un moyen de nous l'annoncer. Voilà pourquoi ils faisaient en sorte de ne pas être chez nous en même temps, ils savaient pertinemment que, face à nous, ils n'arriveraient pas à le cacher.

— On comptait vous le dire la semaine prochaine, m'annonça mon fils, quand je devais venir... Bon, ça a été un peu plus tôt que prévu... Si je n'avais pas tout foiré avec ces sales types...

Louise se colla à lui, tout en essayant d'être discrète pour nous épargner.

— J'étais là, je te le rappelle, et puis c'est aussi bien que Sophia et papa le sache. Tant qu'on y est, on dit le reste aussi... On devait le faire la semaine prochaine, mais puisqu'on est là...

— Quoi encore ? leur demandai-je.

Il serra sa main avec force et tendresse et se lança :

— Bon... notre départ va être reculé, avec notre connerie, mais on les a eus au téléphone ce matin, et ils sont prêts à nous attendre et à nous pardonner...

— De qui, de quoi parlez-vous ? l'interrompit Éric.

Louise inspira profondément comme pour se donner du courage.

— On va partir sur un bateau scientifique pour mener une étude sur les mammifères marins. Moi en tant que vétérinaire en formation et Dimitri en tant que coordinateur des opérations. Papa, ne t'inquiète pas, ça ne m'empêchera pas d'avoir mon année, cette expérience validera mon stage. Si j'ai accepté de bosser dans le zoo, c'était pour me préparer à notre expédition…

— C'est du délire, là, soupira-t-il en se vautrant dans sa chaise.

Je lui attrapai la main et la broyai, pour me raccrocher à lui, pour m'éviter de tomber à la renverse.

— Les enfants, si je comprends bien, repris-je, dès que vous êtes innocentés, le joli petit couple que vous formez va embarquer sur le même bateau pour observer les animaux…

— Oui, maman…

Étienne de Montety

Le Coup de bôme

Écrivain et journaliste, Étienne de Montety est directeur adjoint de la rédaction du *Figaro* et directeur du *Figaro littéraire*. Son œuvre a été récompensée de nombreux prix prestigieux comme le Prix des Deux-Magots, le Prix Jean-d'Ormesson ou le Grand Prix de l'Académie française. Son dernier roman, *La Douceur*, a paru en septembre 2024 aux Éditions Gallimard.

Je la regardais. Devant moi Alma s'étirait dans le ciel, sa figure dans le soleil et les embruns. Il suffisait que je tire légèrement le stick pour que le bateau remonte au vent, se cabrant encore davantage. Elle prenait la vague dans un éclaboussement qui ne m'épargnait pas davantage. Au trapèze, elle ressemblait à une danseuse en plein déploiement. À chaque assaut de l'eau qui lui fouettait le visage, elle criait, je riais et nous nous rejoignions dans la gaieté. « *Attends que je prenne la barre !* » La brise ne faiblissait pas, la mer se formait sous un soleil magnifique. C'était un temps idéal pour gagner l'île de Robinson.

Ce nom désignait dans notre vocabulaire un des innombrables îlots de la baie. En moins d'une heure, par vent favorable, on pouvait s'y rendre, avec un sentiment d'aventure et de liberté qui nous comblait. Nous n'étions pas les seuls à priser cette destination, mais en cette fin d'été, l'endroit avait retrouvé sa tranquillité.

Le matin, Alma et moi, nous avions acheté du poisson au marché, une bouteille de vin blanc d'Alsace, et des pêches jaunes juteuses. Nous avions gréé le bateau, mis notre repas dans le caisson étanche à l'avant et pris la mer ; direction l'archipel que l'on apercevait au loin. Certaines îles étaient de simples rochers émergeant à peine de l'eau ; sur d'autres poussaient des touffes d'herbe entre les anfractuosités et un maigre bosquet de pins harassés par le vent. Celle vers laquelle nous nous dirigions était la plus grande, on l'abordait par une petite crique de sable. Sa superficie ? Un bel appartement. Alma s'esclaffait quand elle entendait mon analogie : « *Quitte donc tes références parisiennes.* »

Pour accoster, il était plus prudent, dans les derniers cent mètres (dans une baie peut-on encore parler en mètres ou faut-il passer aux milles marins ?), que l'équipier fasse la vigie et, allongé à la proue, signale les récifs, qui pullulaient. Ce n'est pas parce qu'on voulait jouer les robinsons qu'il fallait commencer par un naufrage. Alma s'acquittait de bon cœur de cette mission. Elle n'aimait guère louvoyer entre les rochers, préférant prendre la barre en haute mer, gagner de la pleine vitesse. Les manœuvres contre les courants sournois n'étaient pas pour elle. Depuis le temps, je crois que je connaissais le coin par cœur ; il suffisait d'être attentif et d'éviter un plateau rocheux appelé « les assiettes » puis de contourner par tribord les Pierres-Noires.

Une petite plage permettait un accès facile à l'île, si le vent et la marée étaient favorables et nous poussaient sur la barre du Goëland. Ils l'étaient, par cette belle journée d'août. Sitôt débarqués, la vie sauvage pourrait commencer. À une condition, Alma était formelle : il ne fallait pas que des oiseaux y eussent élu domicile. Dans ce cas, il était impératif de trouver un autre havre, moins agréable, moins bien exposé.

La plupart du temps nous nous rendions sur l'île à plusieurs bateaux, 4-20, et 4-70. À leur bord, la dizaine d'amis que je retrouvais chaque année depuis vingt ans. Nous avions fait connaissance sur la plage, quand nous étions enfants ; les serviettes de nos parents se côtoyaient, nous avions joué dans les rouleaux et appris à nager ensemble. Puis nous avions été inscrits à l'école de voile pour que le spi, le tangon et le grand largue n'aient plus de mystère pour nous. Certains d'entre nous se retrouvaient le soir, la nuit au Forban, la boîte de nuit où l'on pouvait danser sur des tubes qui ne survivraient pas aux marées d'équinoxe. Je n'y allais jamais. Pourquoi reproduire en vacances les mœurs de la vie parisienne, se serrer dans un lieu saturé de musique, au lieu de se contenter des embruns et de s'étourdir du sifflement du vent dans les drisses ? *Fuir, là-bas, fuir*... Je préférais me coucher tôt et, quand la marée le permettait, mettre mon bateau à l'eau à la première heure.

Ils s'appelaient Bertrand, Manfred, Loïc, Alex ; se joignaient à nous Alma et Isabelle. Notre programme était immuable. Sitôt à terre, nous nous baignions, les uns plongeant d'un rocher, les autres chahutant dans l'eau claire avant de s'éloigner du rivage. Alma et Alex entreprenaient de faire le tour de l'île à la nage ; j'avais renoncé à les suivre : ils étaient meilleurs nageurs que moi ; Alex, corps vigoureux rompu au sport, et Alma, dont je regardais toujours avec admiration la silhouette effilée qui s'éloignait, fendaient les vagues avec méthode et constance. Je sortais de l'eau. Cette année-là, Manfred et Isabelle flirtaient. Me restait la préparation du déjeuner.

Quelques aiguilles de pins, quelques branches ramassées, des bois flottés polis par le sel et les vagues avant d'être rejetés sur la côte, permettaient d'allumer un feu au creux d'un rocher. Peu de risque de propagation d'un incendie sur ce morceau de pierre, il suffisait d'être prudent. Je sortais de mon sac du papier journal et une boîte d'allumettes, et le tas de bois s'embrasait aussitôt.

Alma et Alex surgissaient par l'autre côté de la crique, qu'ils avaient quittée un peu plus tôt ; en quelques brasses ils se rapprochaient et sortaient de l'eau. Rituel féminin, Alma essorait en les tordant ses cheveux longs décolorés par le soleil et le sel. Les nageurs se séchaient en s'allongeant tant bien que mal sur les rochers : un plat et oblong était brûlé par le soleil à cette heure de la journée ; un autre, moins accueillant, plein d'aspérités désagréables, était ombragé, du moins tamisé par des rameaux d'arbre. Alma avait choisi le plein soleil. Un œil fixé sur le foyer, de l'autre j'admirais discrètement son joli corps offert aux rayons.

Le feu devenait un petit amas de braises. Il suffisait de poser des brochettes de poissons, sommairement vidés, sur l'âtre formé de galets. Ils cuiraient en quelques minutes. Pendant ce temps, le vin était gardé au frais dans une cavité entre deux rochers, propice à accueillir nos bouteilles.

Après le repas, les yeux mi-clos, regardant le soleil entre les branches, tous, nous somnolions. Je me disais qu'il ne manquait presque rien à ma félicité : pour que ma condition fût parfaite, il aurait peut-être fallu avoir un livre, de marin de préférence. Le choix était large, il suffisait de piocher dans la bibliothèque de mon grand-père : R. H. Dana, Bernard Moitessier, Patrick Leigh Fermor, Arturo Pérez-Reverte, Isabelle Autissier, David Grann. J'aurais pu emporter un volume dans mon sac, mais, réflexion faite, cela aurait altéré l'esprit de robinsonnade. Il me plaisait plutôt que nous nous contentions, à la nourriture près, de ce que nous offraient les éléments : une crique de sable pour la baignade, un foyer rocheux pour le feu, un pan d'ombre pour la sieste. La présence d'Alma.

Quand nous étions lassés de notre oisiveté forcée, nous remontions sur les bateaux, hissions les voiles rapidement affalées à notre arrivée, et nous reprenions la mer, direction la grande côte. Alma et moi, nous embarquions invariablement sur le même bateau.

À force de constituer un équipage, nos amis étaient sûrs que nous formerions un couple, un jour. J'avais l'impression qu'Alma l'espérait aussi, secrètement. J'étais moins fixé et, à dire vrai, assez loin de ce projet. Pour le moment, je goûtais les saveurs de l'amitié entre garçons, dans des virées où des filles étaient ponctuellement conviées. Certains de mes copains draguaient éperdument, flirtaient. Ils y mettaient beaucoup d'énergie et d'amour-propre. Leurs manœuvres m'amusaient. « *Sortir avec* » était pour eux un objectif, parfois une obsession. Ce n'étaient pas des jouisseurs. Alors ? Pourquoi étaient-ils si inquiets ? Que redoutaient-ils ? La solitude ? Le temps qui passe ? Tant d'entre eux menaient déjà une petite vie tranquille, « toi et moi, les yeux dans les yeux », passant leurs samedis soir devant un film alors que notre jeune âge adulte nous ouvrait les portes du monde ; tous les chemins étaient devant nous, et les filles de partout à portée de cœur. Pourquoi rétrécir si vite son horizon ? Il serait bien temps…

Alma était une amie, peut-être ma meilleure amie, nous aimions prendre la mer ensemble, participer à des régates où son adresse et ses audacieuses sorties en trapèze constituaient des atouts majeurs. Nous avions ce qu'on appelait en plaisantant une « relation professionnelle » : équipiers en mer. Pourtant, le soir, quand la musique dans un jardin d'amis nous entraînait à danser en plein air, je l'invitais avec plaisir, et notre complicité nous permettait d'enchaîner les passes de rock acrobatique les plus spectaculaires. Comme quand les embruns lui fouettaient le visage, elle riait, de joie et d'effroi mêlés, tandis que je la prenais par la taille pour la lancer en l'air. Quelle était aujourd'hui la nature de nos sentiments ?

Nous jouions sans cesse comme chien et chat, nous amusant à nous contredire, à nous affronter en des joutes verbales innocentes. Elles se finissaient souvent dans l'hilarité.

Pour beaucoup de monde, nous étions *ensemble*. Un garçon et une fille de vingt ans, ça ne pouvait pas être autrement. Il est si facile d'extrapoler, d'interpréter. Et les gens n'ont pas d'imagination. Je m'interrogeais parfois. Le mot « amour » ne me paraissait pas une évidence. J'avais besoin de liberté ou plutôt d'un champ de possibles. Je voulais décider de mon avenir par moi-même, et non parce que notre entourage, même plein de bonnes intentions, nous avait enfermé dans un schéma. Cette détermination me dérangeait ; était-ce de l'orgueil ? Aujourd'hui je me dis que, peut-être plus que je ne l'aurais avoué, l'avenir me préoccupait.

Que deviendrais-je ? Convoyeur de bateaux entre les Caraïbes et l'Europe ? Grand reporter ? Je préférais aborder l'existence seul.

Nous étions donc en route vers l'île. Tous les deux : personne dans notre bande n'était disponible pour nous accompagner. Entre les premiers retours à Paris et le début du tournoi de tennis qui s'ouvrait dans le village voisin, les rangs s'étaient éclaircis. Alma et moi, nous serions seuls. À l'ombre d'un pin, après un bain revigorant, serait-ce l'occasion d'une conversation plus intime, loin des yeux et des oreilles indiscrètes ? Peut-être était-ce le moment de rompre avec nos manières de camarades, nos joutes, nos grands fous rires, pour parler d'autre chose, et surtout pour en parler autrement. Je n'en étais toujours pas sûr. Quelque chose en moi rechignait encore, mais je le savais, des digues cédaient depuis le début de l'été.

Lors de ma dernière sortie en mer, la tête de safran du bateau s'était cassée, rongée par le sel et des générations d'utilisateurs. Je partageais ce bon vieux dériveur avec des cousins depuis notre enfance. Tout le monde ne ménageait pas également le fidèle compagnon de nos vacances. La pièce était en commande, elle arriverait la semaine suivante. Pour nous dépanner, Bertrand m'avait prêté son bateau, que je connaissais bien : depuis toujours il était rangé en haut de la plage, à côté du nôtre. Nous ne fûmes pas très dépaysés en le gréant et en prenant la mer à son bord.

L'îlot était désormais bien visible, nous avions filé bon train. Un petit pressentiment m'avait pris lors du dernier virement de bord quand j'avais cru noter une lenteur, ou une lourdeur, inhabituelle lors de la manœuvre pourtant mille fois effectuée avec Alma. Au signal elle rentrait d'un bond, décrochait prestement l'anneau de trapèze, choquait et accompagnait le changement de direction du bateau sans perdre une minute. Avant le départ, j'avais consciencieusement regardé la trappe, vérifié les nables : tout était fermé et apparemment hermétique. Je mis le caractère laborieux de ma dernière manœuvre sur le compte de la mer, très heurtée, et du vent irrégulier. Dernier bord avec le cap vers l'île de notre déjeuner, déjà je rêvais de baignade et de poisson frit.

À « paré à virer », Alma obtempéra ; je poussai la barre et sentis aussitôt le bateau amorcer un mouvement lent. Déjà mon équipière bordait énergiquement le foc à contre. La grand-voile battit, hésitante, se regonfla, et pourtant comme mu par une force invisible, le bateau gîta et chavira inéluctablement. Nous n'avions rien pu faire.

Je vis Alma émerger de l'eau, se diriger vers l'avant pour empoigner l'étai afin de mettre le bateau face au vent. Je fis quelques brasses vers la dérive, sur laquelle je comptais m'appuyer pour redresser la coque. De larges fissures ne me laissèrent aucun doute sur la cause de notre mésaventure : les caissons étaient pleins d'eau. À chaque virement l'eau circulait, passait d'un bord à l'autre, alourdissant le bateau et surtout le déséquilibrant. Il me faudrait le vider sur la plage et, au retour, ne pas hésiter à nous mettre en vent arrière, prendre de la vitesse et ouvrir les trappes pour vider les caissons. Une fois la coque redressée, je remontai à bord par l'arrière, en me hissant sans difficulté ; le safran sorti des aiguillots flottait piteusement. Le fond était plein d'eau et le foc encore bordé, son écoute prise dans les haubans. Je me penchai pour la libérer. Il y eut une risée, une vague, et la grand-voile qui faseyait prit soudain le vent, effectuant ce qu'on appelle un empennage chinois. Non contrôlé. La bôme balaya le cockpit, violemment, et me frappa à la nuque. Une fois, deux fois. Le troisième coup me précipita dans l'eau.

La suite me fut racontée par Alma. Elle me vit remonter à la surface, la tête soutenue par ma brassière de sauvetage. Malgré le bain forcé dans l'eau froide, j'étais à moitié inconscient. Que pouvait-elle faire ? Dans un dériveur, il n'y a pas de balise Argos, ni de fusée de détresse. Ça, c'est pour les marins du Vendée Globe. Et pourtant, un homme à la mer, c'est toujours la même eau, la même solitude.

— Tu te souviens de quelque chose ?

Je ne me souvenais de rien du tout. Alma était sans recours. Si elle quittait la proue pour essayer de remonter à bord, le bateau se mettrait dans le sens de la vague et partirait en vent arrière. Et moi je dériverais…

— Tu étais là, à quelques mètres de moi. J'ai nagé en tenant le bateau d'une main pour me rapprocher. Tu me voyais, quand même ?

— Non.

— Mais tu avais les yeux ouverts !

Elle était parvenue à m'agripper. Elle me parlait et je ne répondais pas, hagard. Aurait-elle pu m'amarrer, comme un corps-mort ? C'est bien à ça que je ressemblais. Mais les écoutes étaient inaccessibles depuis l'avant.

Plus tard, j'interrogerai Alma :

— Tu as fait quoi pendant tout ce temps ?

— On a barboté un bon moment dans l'eau jusqu'à ce qu'un plaisancier intrigué par ce bateau fantôme s'approche.

— Tu me parlais ?

— Oui et, comme tu ne me répondais pas, j'ai changé de registre. Je chantais pour me donner du courage.

— Ça, je me rappelle vaguement ; je n'ai jamais été insensible au chant des sirènes.

— Bêta !

— Tu connais des chants de marins ?

— Décidément, tu n'étais pas encore bien réveillé… Je chantais ce qui me passais par la tête. Des trucs qu'on a chantés en karaoké au Forban :« L'été sera chaud », « Ella », « Pour en arriver là »... Figure-toi que Dalida, c'est très bien pour passer le temps. « *J'ai eu chaud sous la pluie et froid en plein soleil, pour en arriver là. J'ai parlé à la peur et fait taire le silence…* »

Le plaisancier nous avait hissés à bord de son bateau. Enfin, fait monter… J'avais gravi l'échelle de bain, soutenu par Alma. Un automate, me dira-t-elle. Je m'étais écroulé dans le cockpit, puis elle avait dégréé notre bateau comme elle pouvait, affalant grand-voile et foc, et elle avait été remorquée au moteur. J'étais toujours hébété, et ma nuque me faisait horriblement souffrir.

Vingt minutes après notre arrivée au port, j'étais aux urgences. Le Samu, appelé depuis le bord, m'attendait sur la jetée. Peut-être cette prise en charge était-elle excessive, mais le médecin m'avait trouvé en piteux état. Tes propos, m'avoua Alma, étaient hésitants, et ton regard dans le vague. Tes pupilles l'inquiétaient. Il a préféré être prudent et a demandé que fussent effectués des examens complémentaires. J'étais surtout exténué.

Quand l'infirmière m'avait demandé mon degré de souffrance, j'avais crâné. Même pas mal… Elle avait souri avec indulgence et m'avait installé dans un box en attendant de procéder à des radios. J'avais somnolé et, quand je m'étais réveillé, je sentais encore la douleur dans mon cou.

Alma était à mon chevet. Nous avons passé de longues heures à attendre les résultats.

— Tu ne veux pas rentrer chez toi ?

Elle n'avait rien répondu, avait simplement posé sa main sur mon bras. Allaient-ils me garder en observation ? Je voulais partir au plus vite. Alma me disait d'être patient. Elle discutait avec les infirmières de ce qui était envisageable ; elle avait pris la direction des opérations. Quand un médecin entra, des images à la main, il se tourna vers elle :

— Vous êtes sa femme ?

Ni Alma ni moi n'avons répondu, nous ne nous sommes même pas regardés, mais nous nous sommes avoués plus tard avoir eu la même pensée.

Quand nous sommes sortis de l'hôpital, la nuit était tombée depuis longtemps. Alma avait appelé un taxi, qui me ramena, avant de la déposer chez elle. La voiture longeait la côte, je regardais par la vitre. La mer brillait sous les lumières des réverbères. Le vent était tombé. Avec l'obscurité, le calme était venu, qui recouvrait la station. La plage et le port étaient déserts, rares les promeneurs. Il était tard. J'étais encore fatigué, comme après une longue course. Mais vers où ? Nous n'avions pas réussi à gagner l'île de Robinson. La vie sauvage ne nous valait rien. Nous étions, par les éléments, repoussés vers la civilisation.

C'est Manfred qui trouva l'expression la plus juste pour résumer la journée : « *Tu ne croyais pas au coup de foudre, par contre tu as reçu un bon coup de bôme.* » Alma et moi, nous rîmes joyeusement. C'était un bon mot, le meilleur de tous les discours que nous entendîmes à notre mariage.

François Morel

Sur le même bateau

François Morel est acteur, metteur en scène, humoriste, essayiste, chanteur, chroniqueur de radio et poète. Ce touche-à-tout de génie, à l'humour tantôt absurde, tantôt mordant, d'après *Libération*, a publié plusieurs ouvrages, recueils de chroniques, romans, BD ou encore contes musicaux. Il a récemment publié le *Dictionnaire amoureux de l'inutile*, coécrit avec son fils, aux Éditions Plon.

Qui se souvient encore de Yves-Marie Le Guilvinec ? Faut être juste : pas grand monde. Un soir, au Quartz de Brest, j'avais chanté la chanson « Adieu Brest ! ». En fin de soirée, rencontrant des spectateurs, j'avais demandé qui avait déjà entendu parler du chansonnier marin breton. Seule une dame assurait le connaître, mais, m'avait-elle précisé, « parce qu'elle était dans la musique ».

Moi, j'ai vraiment fait connaissance avec lui un dimanche matin, à Saint-Lunaire. C'était un jour de vide-greniers. Sur les trottoirs encombrés, en vrac, on trouvait de tout. Essentiellement de tout ce dont on n'avait pas besoin. Des disques 33 tours bien abîmés de Georges Jouvin, de Paul Mauriat et son grand orchestre, des livres de Rika Zaraï, de Maurice Mességué, de Gilbert Cesbron, des *Paris Match* avec la famille princière de Monaco, des soupières, des poubelles de table. Des merdes.

Il faisait beau, la mer était montante, dans une heure elle serait pleine. Je ne comptais pas faire de vieux os ici. D'ailleurs, un vieux type vendait des vieux os sous forme d'éventails « finement ajourés ».

Rien ne m'intéressait, j'allais donc quitter le bourg de Saint-Lunaire pour rejoindre sa plage. Le temps de piquer une tête avant de retrouver mes copains Gérard Mordillat et Antoine Sahler, qui m'attendaient pour le déjeuner.

Et puis mon regard a été attiré par un recueil de chansons : *La Cancalaise*... Je me suis souvenu de mon oncle Octave, qui, à chaque fin de repas, anniversaire, mariage, communion, se levait pour entonner « La Cancalaise ». Chanson interminable et oubliée.

« *As-tu connu la Cancalaise*
Que je croisais parfois le soir
À la pointe des Roches Noires
Elle se prénommait Thérèse... »

À l'époque, chacun avait sa chanson. Tonton Marcel chantait « Les Gars de la Marine » (« *Quand on est dans les cols bleus/On n'a jamais foizauzieux* »), cousin Gustave reprenait « Corse, île d'amour » et papa « Bésame mucho ». Maman adressait un message plus subliminal que sublime : « *Je ne dirais plus oui devant M. le maire et son secrétaire...* » Renée chantait « Le Retour des guinguettes » : « *À Nogent comme à Robinson/Toutes les filles perdent la tête/On peut faire des conquêtes/Dans chaque buisson.* »

En souvenir de l'oncle Octave, appelé plus communément « Tonton 'Ctave », j'ai acheté le recueil. J'ignorais que Gérard Mordillat, spécialiste notamment de la Sociale, de l'Internationale et de Jésus-Christ, était également féru de chansons bretonnes. « Yves-Marie Le Guilvinec, bien sûr, que je connais ! C'est lui qui a écrit : "*C'est un p'tit gars de Saint-Malo/*

On peut pas dire qu'il était beau/On peut même dire qu'il était laid comme son cousin de Ploubalay..." » Si Gérard ne chante pas juste, il chante fort. On ne peut pas dire que ceci compense cela.

Avec Antoine, on s'est éloignés de Gérard, auprès de qui Assurancetourix passerait pour un délicieux troubadour, et on s'est mis à se plonger dans l'œuvre d'Yves-Marie Le Guilvinec. Abandonnant le bel canto, Gérard nous a rejoints. Ensemble, nous avons lu les chansons, déchiffré les partitions. Parfois, nous fûmes obligés d'arranger les paroles, de préciser les musiques. Des souris, sans doute mélomanes, s'étaient intéressées avant nous à ce document.

C'est comme ça qu'on a défendu l'œuvre du chansonnier marin breton poète de proximité qui, jusqu'à sa mort, a fait preuve d'un étonnant talent visionnaire, dénonçant la surpêche (« *Je n'irai pas à la morue/Sans avoir embrassé Lulu...* »), défendant l'assistance aux naufragés sans aucune discrimination (« *Quand un homme tombe à la mer/Si tu es marin/ Simplement humain/Il faut s'employer à le repêcher* »), prévoyant la catastrophe écologique (« *Un jour il n'y aura/Plus un poisson dans la mer/Un jour il n'y aura/ Plus un oiseau dans le ciel...* »)

Yves-Marie est mort à trente ans. Dans le bistrot À L'Espérance, où il passait une bonne partie de ses journées dès qu'il était à terre, on a retrouvé dans un cahier d'écolier des débuts de chansons qu'il n'aura jamais eu l'occasion de terminer. Notamment celle-ci, commencée en avril 1899...

« *On est tous sur le même bateau*
La même galère
Comme on dirait chez les cathos

On est tous frères
Sauf que la vie du commandant
Et des matelots
C'est quand même assez différent
Même sur l'eau…
On est tous sur le même bateau
La même galère
La tête pleine d'idéaux
Les pieds sur terre
Sauf que la vie des moussaillons
Du capitaine
C'est pas tout à fait j'en réponds
La même rengaine. »

Romain PUÉRTOLAS

Banlieue-Trecking

Roman Puértolas a fait une entrée tonitruante en littérature car son premier roman, *L'extraordinaire voyage du fakir qui était resté coincé dans une armoire Ikea*, a été encensé par la presse et le public, et récompensé par le Prix Révélation de la Rentrée Littéraire en 2014. Traduit dans une cinquantaine de pays, auteur d'une douzaine d'ouvrages, son dernier roman, *Comment j'ai retrouvé Xavier Dupont de Ligonnès*, a paru aux Éditions Albin Michel en janvier 2024.

1

Quelque temps après la sortie de mon livre sur l'affaire Dupont de Ligonnès, un homme m'aborda dans un salon en région parisienne et me demanda si, en tant qu'ancien flic, je connaissais l'existence de ces mystérieux rallyes dans les banlieues. « Vous pourriez en parler dans un bouquin, c'est un phénomène peu connu mais très intéressant ! » surenchérit-il en percevant mon indifférence. Je pensai qu'il se référait aux courses illégales de voitures dont on parle souvent dans les reportages sensationnalistes et ne lui cachai aucunement, tout en gardant les formes, mon désintérêt pour un sujet maintes fois traité par les médias. Il me corrigea aussitôt : « Vous n'y êtes pas du tout, monsieur Puértolas, je ne parlais pas des rodéos, mais de ces virées nocturnes que de jeunes bourges, pour se donner quelque frayeur, organisent dans la pire cité de France tout en essayant de "survivre" jusqu'au petit matin. »

Voyant qu'il venait d'éveiller ma curiosité, ou du moins celle de l'écrivain qui est toujours tapi en moi dans l'attente d'une bonne histoire, il m'expliqua le principe en deux, trois mots avant de m'avouer que le fils de l'un de ses amis connaissait bien le sujet pour avoir participé à l'une de ces « excursions » et qu'il pourrait m'en dire davantage dans le cas où je souhaiterais de plus amples informations. Il pouvait nous mettre en relation si je le désirais, et avant que je lui réponde, l'homme avait déjà gribouillé, sur le programme du festival, un prénom, Baptiste, et un numéro de téléphone portable.

Je me rappelle que le soir même, chez moi, je tapai plusieurs mots-clés sur Internet mais ne trouvai rien.

Et puis, le temps passant, j'en vins à oublier cette conversation.

Jusqu'à cette nuit de novembre lorsque, rentrant de la soirée de lancement d'un recueil de nouvelles auquel j'avais contribué, je glissai les mains dans mes poches pour les protéger du froid parisien et sentis au bout de mes doigts le morceau de papier plié en deux que j'avais fourré là plusieurs semaines auparavant.

J'appelai Baptiste le matin suivant.

C'est ainsi que commença cette incroyable histoire.

2

Nous nous étions donné rendez-vous dans un Starbucks du Marais à 11 h 30.

Baptiste arriva à l'heure. Bien que nous n'ayons convenu d'aucun signe ostentatoire, il m'identifia assez rapidement. Il avait lu l'un de mes livres, le plus connu.

C'était un garçon d'une vingtaine d'années, châtain clair aux yeux bleus, les cheveux dépeignés, séduisant malgré (ou peut-être grâce à) la balafre qui sillonnait sa joue gauche. Il s'assit en ôtant son écharpe, demanda un café au serveur qui s'approchait de lui. J'en profitai pour commander un autre jus d'orange pressé. Il me sourit et à ce moment je me souvins l'avoir envié. Envié sa beauté, sa jeunesse. J'avais un jour été comme lui, mais n'étais plus aujourd'hui que l'ombre de moi-même. Un écrivain décadent en quête d'un sujet fort pour son prochain roman que personne ne lirait, tout comme les neuf derniers. Un écrivain qui, tel un vampire, enviait maintenant les jeunes pour ce qu'ils avaient de plus précieux. Leur âge. Leur force vitale.

— J'ai adoré votre roman, dit-il sans autre préambule, celui sur Omar Raddad.

— Merci, répondis-je, sans trop savoir ce que je pouvais ajouter.

Les compliments me gênaient. Je leur préférais, je crois, une critique amère, car elle avait au moins le mérite d'être toujours sincère, alors qu'un compliment pouvait ne pas l'être.

— Vous avez vraiment acheté la porte sur laquelle est écrit *Omar m'a tuer* ?

— Elle est accrochée dans mon salon, au-dessus d'un buffet Empire.

Baptiste ébaucha un sourire.

— Bon, alors vous voulez parler d'EuroPark dans un livre ? me demanda-t-il pour entrer dans le vif du sujet.

— EuroPark ?

— L'entreprise qui organise ces virées dans les tours d'Europa.

— Je ne sais pas encore, avouai-je. Je ne sais toujours pas si c'est un thème qui me passionnera. Tu sais, je dois être emballé par une histoire pour l'écrire. Je ne connaissais rien de tout ça il y a encore un mois.

— C'est comme un sport extrême. Ça fait exploser l'adrénaline. J'ai jamais ressenti un truc pareil. Tu deviens accro comme avec une drogue ; d'ailleurs, je vais bientôt recommencer…

— Attends, coupai-je, explique-moi vraiment en quoi ça consiste parce que je crois que je n'ai toujours pas saisi le concept.

Il passa la main dans ses cheveux, se dépeigna plus encore. Ça lui allait plutôt bien. Si j'en avais fait de même, j'aurais eu l'air d'un perroquet déplumé. J'avais commencé à perdre mes cheveux à trente-cinq ans.

— On nous lâche aux environs de minuit au pied des tours d'Europa. Interdiction d'avoir sur soi des choses de valeur. À moins que ça vous fasse rien qu'on vous les vole ! On nous a foutu au préalable une petite balise GPS dans la couture du caleçon. Parce qu'ils peuvent vous piquer votre jean, si c'est un Levi's, ou vos pompes, votre tee-shirt, si c'est de la marque, mais le caleçon et les chaussettes, c'est la limite qu'ils franchissent jamais. Pas par respect ou par pudeur, non, ces mecs-là n'ont ni l'un ni l'autre, mais parce que ça leur répugne de toucher votre caleçon ou vos chaussettes sales, vous comprenez ? C'est le seul truc qu'ils vous laissent. Voilà pourquoi c'est là qu'on nous fout la balise géolocalisable. Si on pouvait nous la foutre dans le cul…

— Et tu fais quoi, alors, concrètement, une fois dans la cité ?

— Survivre, dit le jeune homme avant de boire une gorgée de son café.

— Survivre ? Ce n'est tout de même pas la guerre. Je veux dire, ils ne vous lâchent pas au cœur des montagnes d'Afghanistan. Europa, c'est la banlieue de Paris.

— Ça se voit que vous y avez jamais mis les pieds.

— J'ai vu les images au JT.

— C'est pas pareil quand on y est. Ça fait sacrément flipper. Vous comprenez pas, c'est la jungle, là-bas. La colline du crack du 18e arrondissement, c'est une maternelle suisse à côté. Même la police entre plus là-dedans depuis longtemps. C'est la plaque tournante du trafic de drogue français. Ils ont encore tué un flic il y a deux mois. Si vous avez le malheur de traverser ce quartier en pleine journée, vous avez une chance sur deux de vous faire dépouiller. Imaginez ce qu'il peut arriver la nuit à un blanc-bec comme moi ?… Le but du jeu, c'est de tenir deux ou trois heures. Ça paraît pas long, comme ça, mais c'est une éternité là-bas. C'est un peu comme un rodéo. Tenir une minute sur un taureau sauvage ou deux heures à Europa, c'est du pareil au même.

— C'est si terrible que ça ?

— Pire encore. Entre les dealers, les toxicos, ou juste les racailles qui tiennent les murs et savent pas quoi faire pour passer le temps, c'est *Jurassic Park*, ce truc, vous voyez, quand les dinosaures cassent leurs cages ! Et si mes paroles vous convainquent pas, peut-être que mon visage le fera.

Il posa l'index sur sa cicatrice et hocha la tête avec un sourire et un air de fierté.

3

Baptiste m'expliqua que les organisateurs faisaient signer une décharge de responsabilité en cas de pépin. La géolocalisation leur permettait de retrouver le « randonneur » le cas échéant. Dans le meilleur des cas, il rejoignait le point de ralliement à l'heure donnée, on l'exfiltrait de la cité et tout demeurait en une simple frayeur. Dans le pire des cas, le randonneur n'apparaissait pas. On recherchait alors sa position sur un logiciel de localisation puis on s'y rendait. Un 4 × 4 avec trois hommes harnachés comme en temps de guerre, treillis, gilet pare-balles, genouillère, coudière et flash-ball.

La dernière fois, un randonneur s'était vissé une GoPro sur un casque afin de filmer son aventure et pouvoir la partager sur les réseaux sociaux. C'était bien sûr la première chose qu'on lui avait volée. Il n'était revenu qu'avec des souvenirs. Horribles si l'on en jugeait par son visage, décomposé.

— De toute façon, EuroPark veut pas qu'on fasse trop de pub. C'est réservé à un groupe fermé. Vous imaginez si on en parlait aux infos. S'ils apprenaient qu'on prend leur quartier pour un zoo, ça se passerait pas comme ça…

— Je veux bien le croire.

4

La cicatrice sur la joue de Baptiste avait été occasionnée par un couteau, deux mois auparavant. Une nuit, en pleine « excursion » à Europa, peu avant 1 heure, il était tombé sur une bande de quatre jeunes avec qui il avait eu maille à partir. L'un d'eux avait sorti un couteau. Fin de l'histoire.

— Quand le mec m'a fait ça, me dit-il après avoir bu la dernière gorgée de son café, j'ai cru que j'allais mourir, alors je me suis mis à courir. Ils m'ont coursé, mais j'ai réussi à me cacher. Et puis je suis resté là, derrière un conteneur de poubelle. Quand l'heure de la fin a approché, je me suis levé et j'ai fait le grand tour en passant par la zone boisée, qui me semblait plus sécurisée que les barres de béton et les halls d'immeuble, même si je sais qu'il y a des types qui fument du crack entre les arbres. J'ai retrouvé le point d'exfiltration et un 4 × 4 est venu me chercher. Avec l'adrénaline, je m'étais même pas aperçu que je saignais. C'est un des deux organisateurs qui me l'a dit. Ils m'ont emmené à l'hôpital, où ils m'ont recousu. Douze points. Je suis rentré chez moi alors que le jour se levait.

— Qu'est-ce que tu cherches exactement dans ces sorties, Baptiste ?

— Vivre fort. Et puis je veux dompter ma peur. Y a bien des gens qui se mettent dans des cages qu'on balance au milieu des requins blancs. Je veux vivre ma vie au centuple. J'y retourne dans une semaine, pourquoi vous m'accompagneriez pas ? Vous verriez vraiment ce que c'est.

5

En sortant du Starbucks ce matin-là, j'avais appris trois choses. La première, qu'une entreprise organisait bel et bien des virées nocturnes dans la banlieue la plus craignos de France pour donner des sensations fortes à des jeunes endormis par une société qui ne leur proposait rien à la hauteur de leurs ambitions ou de leurs rêves. La deuxième, que je ne vivais pas ma vie au centuple. Ce qui revenait à dire que ma vie ne valait plus grand-chose, que je me laissais porter vers la vieillesse dans une espèce de confort que plus rien ne viendrait contredire, exacerber. Que ma vie était un plat sans sel. Un plateau-repas d'hôpital. Que je n'avais, en gros, plus rien à attendre de ma présence sur terre. La troisième, que dans une semaine je passerais une nuit dans la cité la plus dangereuse de France.

6

Baptiste et moi attendions, assis à l'arrière du 4 × 4. Nous étions garés devant le Monoprix de la place des Fêtes, dans le 19e arrondissement, où les deux organisateurs étaient allés acheter des bouteilles d'eau et des sandwichs.

Bientôt, les deux hommes revinrent à la voiture avec un sac rempli de provisions et nous démarrâmes. Nous prîmes le périphérique et nous garâmes sur un parking abandonné où nous dînâmes dans le silence le plus complet. À la fin du repas, ils nous firent signer une décharge de responsabilité et nous avertirent que nous pouvions faire tout ce que nous voulions pendant les deux heures que durerait l'« excursion », à condition de demeurer dans le cadre légal.

Le plus jeune des deux hommes, harnaché comme un militaire dans l'une des franchises de *Predator*, me fit signe de baisser la partie supérieure de mon jean, tira sur mon caleçon et fit un trou avec un poinçon dans la partie où se logeait l'élastique. Il y fourra une capsule pas plus grande qu'une aspirine et en vérifia le fonctionnement sur un ordinateur portable. Un point rouge apparut sur une carte.

— Pas de téléphone, pas de portefeuille, dit le plus âgé des deux, un type au visage carré et aux cheveux blancs, courts, qui lui donnaient l'allure d'un G.I. Joe.

— Je n'ai rien apporté, répondis-je.

Je leur avais fait un virement de 250 euros quelques jours auparavant. Payer pour s'offrir cette frayeur, je rêve.

— Parfait.

— Ça vous rassure d'être deux, non ? demanda le jeune organisateur en souriant.

— Franchement ? dis-je. Je ne sais pas si c'est mieux. Deux, ça fait plus provocation qu'un seul. Ils vont nous prendre pour deux flics ou deux fous.

7

Le 4×4 nous laissa à 1 h 25 à quelques mètres du bloc B des tours d'Europa.

Le « grand ensemble », comme l'on disait à l'époque, était composé de six immeubles d'une vingtaine d'étages chacun, disposés en astérisque autour d'une place que l'on nommait, fort à propos, place d'Europa. Le quartier avait été construit dans les années 1960. Jusque-là, les terrains étaient couverts de vignes, où s'étalaient des fermes isolées et quelques marais qu'il fallut assécher avant de creuser les fondations. Europa était un projet innovant. Après Haussmann, la ville de Paris s'étendait de manière anarchique. Dans les années 1920 et 1930, les logements pavillonnaires avaient poussé comme des champignons. Il n'y avait aucun équipement public, ni système d'assainissement ou routes goudronnées. C'est afin de remédier à ce défaut d'infrastructures que l'on se mit à construire des tours et des barres à tout-va, car cela exprimait enfin l'ordre. Il est étonnant, voire ironique, qu'aujourd'hui ces immeubles soient les symboles du parfait contraire. Le désordre.

— On viendra vous récupérer à 3 heures précises, dit l'organisateur à la mâchoire carrée. J'insiste bien sur l'heure. Pour des raisons évidentes, on s'éternisera pas dans le coin, c'est compris ?

— Compris, à 3 heures, dit Baptiste.

— Bien. Vous avez des questions ?

Nous nous regardâmes. Des millions de questions se pressaient dans mon esprit, mais aucune ne parvient à se frayer un chemin jusqu'à mes lèvres. Nous agitâmes la tête en silence. L'homme sourit et me tapa sur l'épaule.

— Parfait. Alors on y va.

Dans cinq minutes, ils nous lâcheraient dans la jungle.

8

Il paraît qu'il n'y a rien de plus effrayant qu'un endroit désert, de nuit. C'est faux. Il y a pire. Un endroit peuplé, de nuit. Peuplé des mauvaises personnes, il s'entend.

Si le bloc B, devant lequel on nous avait laissés, était vide, le E, en revanche, était fréquenté comme en plein jour. Une vingtaine de jeunes écoutaient de la musique sur une enceinte Bluetooth.

Un type en survêtement Adidas rouge, cagoulé, était assis sur une chaise de camping et bougeait la tête au rythme de l'ersatz de chanson que vomissait le boomer. De temps en temps, il piochait dans un sac en plastique Carrefour qui pendait de l'accoudoir et donnait une dose à un toxicomane en échange de quelques billets. Comme à l'église, le zombie communiait, mettait le comprimé sous la langue, afin de pouvoir l'avaler s'il se faisait arrêter par la police, et repartait d'où il venait, c'est-à-dire nulle part. Derrière lui, un autre, en tous points semblable au premier, venait prendre sa place, interchangeable, aussi défoncé, miséreux, et ainsi de suite jusqu'à ce que la file d'attente se désagrège en un magma nauséabond.

Au-dessus d'eux, la tour s'élevait haut dans le ciel, majestueuse, étrangère à ce spectacle affligeant. Quelques lumières bleutées trahissaient la présence d'insomniaques devant leur télé. Insomniaques ou personnes qui ne pouvaient simplement pas trouver le sommeil avec un raffut pareil dehors. Des gens pour qui c'était une nuit de plus dans l'enfer d'Europa.

— Bon, on contourne ? demandai-je à Baptiste en lui désignant la coursive qui menait à un petit parc où il semblait n'y avoir personne.

— On est venu ici pour jouer, non ? dit le jeune homme en prenant le ton sans appel de l'implacable sergent de *Full Metal Jacket*.

— Les clients sont partis, mais il reste une bonne dizaine de jeunes, comptai-je. Entre les « choufs », le dealer, les lieutenants du dealer. Deux contre dix, Baptiste.

— Tu cours vite ?

— Plutôt, oui.

— Parfait, alors on y va, dit-il.

J'imaginai que les deux organisateurs d'EuroPark écoutaient la conversation. « Ça y est, ça va commencer », étaient-ils en train de se dire à quelques kilomètres de là, bien à l'abri, tout en se frottant les mains. « Le gamin va faire son show. Par contre, l'écrivain a les foies ! » J'imaginai les éclats de rire, les moqueries. Puis le silence. Lourd.

9

C'est un gamin de huit ans qui nous repéra le premier.

— Arhaaaaaa ! hurla-t-il à la ronde.

Arha, en gros : « Attention, voilà les flics ! » Arhaaaaa, hurlé comme un son aigu, le cri d'un perroquet ou d'un oiseau exotique qui déchirerait la jungle. Le jeune s'arrachait la gorge chaque fois qu'il repérait quelque chose de suspect, pour justifier sa paye astronomique, pour justifier son statut au sein d'une société à laquelle il croyait appartenir davantage qu'à la société française, alors que ce n'était qu'un leurre. Les ecchymoses sur ses avant-bras et sa joue en étaient la preuve quand, l'autre jour, il n'avait pas crié et qu'une bande rivale leur était tombée dessus pour leur piquer tout leur shit.

On entendit des « Wesh, les gars ! », tous les survêtements se retournèrent vers les deux nouveaux-venus qui sortaient des buissons. Quand ils virent que nous ne constituions pas une menace pour eux, ils nous regardèrent comme le prédateur observe sa proie.

10

Le jeune cagoulé au survêtement Adidas rouge avait disparu avec son sac Carrefour, laissant vacante sa chaise de camping.

— Vous êtes qui, vous ?

— On s'est perdu, plaisanta Baptiste. Paris, c'est par où ?

— Il se fout de toi, Wiz ! cria l'un d'eux.

Les jeunes s'avancèrent et s'arrêtèrent à deux mètres de nous.

— Vous voulez quoi ? Vous êtes des flics ?

— C'est pas des flics, répondit un guetteur. Jamais vus par ici. Et puis, ils sont pas armés.

— Sérieux, c'est quoi que vous voulez ? La merde ?

— Pourquoi tout de suite être agressif ? On ne veut pas de problème, dis-je.

— C'est qui qu'est agressif ? Moi ? Moi, je suis agressif ? demanda l'un d'eux, de plus en plus agressif.

Il s'approcha de moi et me mit une claque que je ne parvins, ou ne cherchai, pas à éviter.

Pendant ce temps-là, un autre jeune s'était approché de Baptiste pour le saisir par le col, mais celui-ci le repoussa violemment. Ce fut l'étincelle qui mit le feu aux poudres.

— Romain, cours ! hurla Baptiste avant de partir dans une direction où ne se trouvait aucun jeune.

J'en fis de même, mais dans une direction diamétralement opposée. Ce fut la dernière fois que je le vis.

11

Mes notes en athlétisme avaient toujours été bonnes, très bonnes, mais si la course que j'effectuai cette nuit-là avait été jugée, j'aurais obtenu la mention excellente. La mort aux trousses, le diable aux fesses, je traversai une cour et me dirigeai vers la zone boisée. Je grimperais à un arbre et demeurerais toute la nuit perché sur la plus haute branche. Personne n'aurait l'idée de venir me chercher là.

Je jetai un œil derrière moi, j'avais gagné pas mal d'avance. Du coin de l'œil, dans ma course folle, je repérai une descente à ma droite, changeai de cap aussitôt, avant de pouvoir traiter cette information, plus guidé par mes pieds que par mon cerveau, et dévalai une pente goudronnée avant de me rendre compte, avec horreur, que j'allais m'enfermer dans les garages du grand ensemble, et que je serais bientôt fait comme un rat. La fuite n'aurait pas duré. Le sursis non plus.

À ma grande surprise, la porte piétonne était ouverte et je m'y glissai. J'arrivai bientôt dans le premier sous-sol de la barre d'immeubles, un immense couloir, très large, percé de box, éclairé par une faible lumière jaunâtre. Inutile d'essayer d'ouvrir chaque box dans le but d'en trouver un où je puisse me cacher. J'accélérai et me dirigeai vers la pente qui menait au deuxième sous-sol. Je fus accueilli par le même couloir parsemé de grandes portes grises derrière lesquelles se trouvaient sans doute des voitures, des cartons, de vieux meubles. Le cœur à mille à l'heure, un point de côté, le souffle coupé, ne pensant qu'à ma survie, j'entrepris le même virage que précédemment et descendis jusqu'au troisième sous-sol.

Je pénétrai le même long et large couloir que les deux fois précédentes et sus, en voyant le mur tout au fond, qu'il n'y aurait pas de quatrième niveau, que j'avais atteint les entrailles de la tour, qu'il n'y avait plus aucune échappatoire.

12

Acculé dans ce souterrain, à douze mètres sous la surface, je cherchai, alarmé, une sortie mais, autour de moi, des centaines de box qui ne menaient nulle part. N'ayant rien à perdre, je commençai à tirer sur la poignée de celui qui se trouvait devant moi. La porte ne vint pas. J'essayai sur celle du garage adjacent, avec le même résultat. Je tendis l'oreille. Le silence. Aucun cri, aucun pas. Si on m'avait suivi, le bruit aurait résonné. Peut-être les avais-je semés. Peut-être avaient-ils continué vers la zone boisée, m'avaient-ils cherché dans les arbres où je pensais me cacher au début ? Je me pliai en deux, posai mes mains sur mes genoux et repris mon souffle.

Peut-être ne viendraient-ils pas me chercher ici. Et comme Baptiste avait attendu caché derrière un conteneur la première fois qu'il était venu à Europa, je ferais de même jusqu'à ce que l'heure de la fin du jeu sonne. Alors, je sortirais, à pas feutrés, monterais les niveaux jusqu'à la pente goudronnée et chercherais le point de ralliement en priant de ne tomber sur personne.

Je me demandai si Baptiste avait eu autant de succès que moi. S'il avait réussi, lui aussi, à semer les jeunes. J'espérai qu'il en soit ainsi. J'aurais culpabilisé d'être ici alors que mon compagnon se faisait allègrement tabasser par les autres.

La lumière s'éteignit, me plongeant dans l'obscurité la plus totale. Je relevai la tête, cherchai une lueur dans la nuit, un bouton orange sur lequel il me faudrait appuyer pour refaire jaillir la lumière, mais je n'en vis aucun. Je fis quelques pas, m'arrêtai pour écouter ma respiration, encore courte. Et autour de moi, le silence profond.

13

Je sursautai en m'apercevant que je n'avais pas l'heure.

Je n'avais apporté ni montre ni portable. Seul Baptiste avait pris une montre en plastique bon marché, au cas où on la lui volerait. Mais maintenant que nous nous étions séparés, je n'avais plus aucun moyen de savoir. Dans les ténèbres, toute notion de temps disparaissait.

Je me souvins que le 4 × 4 nous avait laissés à 1 h 25 au pied du bloc B, et qu'il viendrait nous chercher à 3 heures pile. Je calculai que l'arrivée jusqu'au bloc E nous avait pris entre cinq et dix minutes, puis l'altercation et la course, environ cinq minutes. J'estimai que j'étais dans ce souterrain depuis maintenant une bonne vingtaine de minutes, peut-être une demi-heure. Cela donnait 2 heures. Plus qu'une heure à tuer. Mais comment savoir que soixante minutes passeraient si ce n'est en les comptant une à une ? Un, deux, trois, quarante, cinquante, cinquante-huit, cinquante-neuf, soixante, une minute. Comment savoir que je n'arriverais pas au point de retrait avec quinze minutes d'avance, me laissant le temps de faire une mauvaise rencontre ou qu'au contraire je n'y parviendrais pas après 3 heures et qu'on ne viendrait donc plus m'y chercher ?

— Merde ! pestai-je.

Ma voix se heurta aux murs de la cave, ne me renvoyant pour réponse que le silence du troisième sous-sol de la tour D d'Europa.

14

Je m'étais assis contre la porte d'un garage. Le menton sur les genoux, les mains de chaque côté de mes jambes, caressant la surface rugueuse du sol.

Je calculai qu'une demi-heure était passée.

2 h 30 donc.

Dans un quart d'heure, vingt minutes, je me lèverais et suivrais le couloir dans le sens inverse, la main droite frôlant les murs et les portails des box pour ne pas rater la rampe qui montait au deuxième niveau. J'irais ainsi jusqu'à la surface, dans le noir total, puis je sortirais à l'air libre. La nuit demeurerait, le ciel étoilé au-dessus de moi, réconfortant contre la violence des hommes qui vivaient juste en dessous. Je presserais le pas dans la direction du point de ralliement, j'y trouverais certainement Baptiste, le 4 × 4 passerait nous prendre, je retournerais à ma vie, j'écrirais peut-être un livre.

Il devait être 2 h 40 lorsque je me levai enfin.

Je passai la main droite sur le mur, tâtai la surface lisse d'une porte de garage et commençai à marcher lentement. Je savais qu'aucun obstacle ne surgirait. Dans ma descente, je n'avais croisé qu'une cannette de Coca-Cola, quelques morceaux de papier jonchant le sol, mais pas de meubles, de matelas, de bouteilles, rien qui ne supposât un réel danger dans l'obscurité.

Je marchai, traînant le pas tout en essayant de faire le moins de bruit possible. Je n'entendis que ma respiration, qui résonnait dans ma tête. Ma main droite cessa bientôt de caresser le mur et palpa le vide. J'étais arrivé au niveau de la rampe qui menait au deuxième sous-sol. Je m'apprêtais à tourner et monter lorsque j'entendis une énorme déflagration et le sol, sous moi, se mit à trembler. Le choc fut si inattendu et puissant que je fus déséquilibré puis projeté sur ma gauche. Je tombai à terre. Une chance. Si j'avais été propulsé sur ma droite, j'aurais sûrement heurté le mur avec ma tête. La violence m'aurait fait perdre conscience, voire pire. Mais le destin en voulut autrement.

Je demeurai couché au sol en position fœtale en attendant que la terre cessât de trembler. Autour de moi, les portes de garage, secouées, émirent un bruit de boîte de conserve pendant quelques secondes qui semblèrent une éternité. Un grondement lugubre né du fond de la terre, comme si le ventre d'un terrible dragon eût soudain gargouillé de faim, plongea les caves dans un chaos assourdissant. Enfin, la lumière s'alluma.

Je pensai aussitôt à un séisme. J'en avais bien ressenti un ou deux dans ma vie, mais jamais d'une telle magnitude. À Grenoble, alors que j'étudiais dans ma chambre de location, mes cuisses s'étaient mises à trembler, doucement, sans que je pusse les contrôler.

Au bout d'un moment dont je fus bien incapable d'estimer la durée, la tranquillité revint. Le silence aussi. Je regardai autour de moi. À part quelques fissures dans les murs, la secousse n'avait eu aucune conséquence déplorable. Je notai également qu'un ou deux portails de garage étaient sortis de leurs gonds et offraient une ouverture béante.

Je me relevai, m'époussetai et me dirigeai vers la rampe qui menait au deuxième sous-sol tout en me demandant ce que le séisme avait pu changé dans la programmation du petit jeu. Le 4 × 4 viendrait-il toujours nous chercher à 3 heures ? Le phénomène naturel avait-il engendré des dommages matériels conséquents ? Que trouverais-je en sortant à l'air libre ? Une tour effondrée ? Un spectacle de désolation ? Non, le tremblement n'avait pas été si puissant. S'il l'avait été, il y a fort à parier que ses effets, même au troisième sous-sol, auraient été bien plus dévastateurs.

Dans une petite minute, je serais fixé.

Je gravis la rampe, tout en caressant le mur de ma main pour m'y soutenir au cas où il y aurait une réplique, mais je sus aussitôt que le danger ne serait pas que la terre tremble à nouveau. Je sus aussitôt que le danger viendrait d'autre part. De cette chaleur qui commençait à tomber sur moi, venant du deuxième sous-sol, de la rampe que j'étais en train de monter. Cette chaleur étouffante qui me fit faire demi-tour et m'accula contre le mur du fond du troisième sous-sol. Car je ne pouvais aller plus loin.

15

Lorsque la chaleur devint insupportable, j'ôtai mon tee-shirt, mes chaussures et mon jean. Peu m'importait qu'on me trouvât dans un tel accoutrement. Je ne pensais qu'à ma survie. La transpiration perlait sur mon front, je l'essuyai avec le revers de ma main, soufflai. La cave était une véritable fournaise.

Une soif extrême m'envahit. Je cherchai à droite, à gauche, ne trouvai aucun robinet, me décidai à entrer dans l'un des box dont la porte s'était dégondée à la recherche de quelque chose à boire. Je ne trouvai que des livres, une ancienne commode, un service à raclette et des vêtements démodés.

En temps normal, j'aurais regardé les livres avec plus d'intérêt. Il n'y avait rien qui me plaisait plus. Mais le corps commandait l'esprit. Il me fallait boire sous peine de mourir comme un rat dans ce désert de béton. Je me souvins alors de la canette de Coca-Cola. Je la cherchai du regard et, ne la trouvant pas, me demandai si elle se trouvait au premier ou au deuxième sous-sol. Si la chaleur venait du dehors et qu'elle était exponentielle, il me serait impossible d'atteindre le premier niveau sans cuire. Ce serait d'ailleurs inutile, car le peu de soda qui devait rester dans la cannette avait dû s'évaporer. En revanche, si elle se trouvait au niveau juste au-dessus, il y avait encore une possibilité.

Sans plus attendre, je me dirigeai vers la rampe et la gravis.

16

Lorsque je fus au deuxième sous-sol, je lançai un regard dans le couloir, d'abord à gauche, puis à droite. Je repérai la cannette de Coca-Cola et me précipitai vers elle. L'air qui entrait dans mes poumons ne contenait quasiment plus d'oxygène. J'étouffai. Je pris la cannette et revins en courant à la rampe, puis au troisième sous-sol. J'entrai dans un box à la porte dégondée et essayai de la refermer le mieux que je pus. Je glissai dans la rainure qu'elle formait avec le sol quelques pulls trouvés dans un carton éventré afin de rendre l'endroit hermétique. Là, abrité derrière un grand miroir, je m'accroupis et fis tanguer légèrement le soda devant mon visage. Par miracle, le clapotis salvateur résonna à l'intérieur. Et, sans me demander qui avait bu avant moi, quelles lèvres s'étaient posées dessus, j'approchai la cannette et en déversai le contenu dans mon gosier brûlant.

Le Coca-Cola, plus que tiède, n'avait plus de gaz depuis longtemps. Et si la dernière goutte arriva avant que ma soif ne soit satisfaite, je ressentis néanmoins les effets bienfaisants du liquide dans mon corps. J'humectai mes lèvres, passai ma langue sur mes dents afin de capturer le moindre atome de la boisson. Puis je soufflai, exténué par l'effort, la chaleur et l'angoisse. Prisonnier d'un feu invisible, je mourrais là, dans les entrailles de cette cité, à des milliers de kilomètres des miens.

17

J'entendis un bruit. C'était la première fois depuis que je me trouvais dans les caves que j'entendais quelque chose. Et il provenait du garage dans lequel j'avais pris refuge.

Je tournai la tête et vis dans la demi-obscurité le profil d'un homme. Je crus d'abord qu'il s'agissait de Baptiste et que, par le plus grand des hasards, il avait terminé sa course dans la même cachette que moi. Mais l'homme se leva et s'avança vers moi. Je reconnus alors le survêtement Adidas rouge et la cagoule. Il ne tenait plus de sac carrefour dans la main, mais je sus aussitôt qu'il s'agissait du dealer qui avait fui à notre arrivée. Il brandissait un couteau.

18

Ça y est, ils l'auraient eue, leur Troisième Guerre mondiale. Depuis le temps qu'on l'attendait. On l'avait cent fois fantasmée islamiste, elle s'était révélée russe.

À 2 h 05 cette nuit-là, blotti dans son siège trop grand pour lui, Vladimir Poutine avait donné, depuis Moscou, l'ordre d'actionner la force nucléaire. Il en avait eu ras-le-bol des protestations et des menaces de l'Otan, de l'Union européenne, de l'appui des États-Unis à l'Ukraine, des boutades mille fois relayées sur les réseaux sociaux, de la mauvaise image que le monde véhiculait de lui. Alors qu'il n'était qu'un homme qui aimait son pays et voulait récupérer ce qui avait un jour été à lui. Un comble !

L'Ukraine faisait partie de l'Empire russe, elle avait ensuite été une des Républiques de l'Union soviétique, elle revenait aujourd'hui de plein droit à la Russie. Pas d'indépendance qui tienne.

Dans l'Histoire, la bombe atomique n'avait été utilisée qu'à deux reprises, ce qui était, il faut le reconnaître, bien trop, mais, considérant la croissante folie des hommes, s'avérait à la fois bien peu. La première fut sur Hiroshima. La deuxième sur Nagasaki. Toutes deux sur le Japon, de la part des États-Unis. Elles signèrent la capitulation du Japon et la fin de la Deuxième Guerre mondiale.

À la différence de Nagasaki et de Hiroshima, l'attaque fulgurante de Vladimir Poutine sur le continent européen n'engendra la fin de rien, si ce n'est celle du monde, et le début d'un mécanisme de défense qui poussa l'Europe à intervenir quelques minutes après. Or la France étant le seul État membre de l'Union européenne disposant d'une force de dissuasion nucléaire, elle demanda l'appui du Royaume-Uni et des États-Unis, qui intervinrent aussitôt. Par le jeu des alliances, la Corée du Nord entra dans la danse en ripostant contre ceux-ci et, tel un feu d'artifice ou des pétards chinois, le reste des pays possédant l'arme terrible, à savoir la Chine, l'Inde, le Pakistan et Israël, l'utilisèrent sans demander leur reste.

En quelques secondes, tout ce qui était sur terre disparut : au premier plan, la vie, au deuxième, l'architecture, au troisième, le ciel bleu. Un nuage noir recouvrit l'entièreté de la sphère, rendant l'air irrespirable. La température monta à plus de trois cent mille degrés dans les épicentres. Les mers débordèrent et les montagnes s'ouvrirent.

En quelques secondes, la terre devint aussi noire que le plus noir des monochromes noirs que l'art eût jamais engendrés, le *Black Square* de Kazimir Malevich, qui, ironie du sort, était ukrainien.

Il n'y eut plus que chaos et mort. Noir et lourdeur. Poussière et gaz. Eau et ravage.

Et, dans le garage du troisième sous-sol d'une ancienne banlieue, pour seuls survivants, un ancien policier et un dealer. Tous deux dans le même bateau…

Jacques RAVENNE

Victor

Jacques Ravenne est écrivain, spécialiste de la Révolution française et auteur de récits historiques. Avec son ami Éric Giacometti, il a créé la série du commissaire Marcas, vendue à plus de trois millions d'exemplaires à travers le monde. Il est membre du collectif « La Ligue de l'Imaginaire ». Leur dernier ouvrage à quatre mains, *La Clef et la Croix*, a paru en avril 2024 aux Éditions JC Lattès et mêle trésors des Templiers et secrets d'éternité.

Quand on monte dans un bateau,
Ce n'est jamais le même pour personne.

Paris
De nos jours
Cimetière du Père-Lachaise

Guilhem tendit les bras vers le ciel. Il sentait la crampe venir. C'était son sixième groupe de touristes de la journée et il n'en pouvait plus. Heureusement, c'étaient des jeunes cadres britanniques. Cela faisait trois jours qu'ils visitaient Paris au pas de charge, faisaient la fête toutes les nuits et, eux aussi, étaient lessivés. Pourtant Guilhem ne comptait pas leur épargner sa tombe préférée. De celle-là au moins il était sûr qu'ils se souviendraient.

— Et pour finir en beauté, nous allons aller visiter la sépulture la plus célèbre du Père-Lachaise.

Un murmure de protestation monta du groupe.

— Mais on a déjà visité la tombe de Jim Morrison !

— De la Callas !

— De Proust !

— Et même celle d'Allan Kardec ! s'écria une voix épuisée. Ce type qui parlait avec les morts. Vous nous avez même dit que c'était la tombe la plus visitée !

— Mais pas la plus célèbre !

Il cligna de l'œil et montra une allée sur la gauche.

— Faites-moi confiance, vous ne le regretterez pas. En plus, elle est juste à côté.

Ce dernier argument convainquit le groupe. Au bout de quelques pas, ils aperçurent une tombe basse surmontée d'une sculpture en bronze verdi. Un homme, jeune encore, les vêtements défaits, les cheveux épars…

— Je ne vois vraiment pas ce que cette tombe…

Le guide pointa son index.

— Et si vous regardez là ?

Un cri unanime jaillit :

— *Oh My God !*

Guilhem sourit. Il avait gagné son pari.

— Et maintenant je vais vous raconter son histoire.

Paris
10 janvier 1871

Comme il sautait du marchepied de la voiture sur le pavé de la place des Petits-Pères, Victor remonta le col de sa redingote. La bise qui jaillissait de la rue Notre-Dame fit frémir ses moustaches, qu'il portait drues et tombantes, pas comme cette vieille taupe de Napoléon III dont les bacchantes impeccablement cirées pointaient vers le ciel. Victor, ardent républicain, détestait l'empereur. Un aventurier, un paltoquet, un escroc qui s'était servi du nom de son oncle pour se hisser au pouvoir à la faveur d'un coup d'État. Tout ce que détestait Victor, journaliste au *Pilori*, un brûlot républicain qui, pour affirmer ses convictions politiques, imprimait sa prose incendiaire en lettres rouges sur papier blanc. Mais Victor ne haïssait pas que l'empereur, il détestait aussi la religion qui fanatisait et les prêtres qui abêtissaient. La vue d'une croix le rendait pâle de colère, celle d'une soutane, rouge d'indignation. Autant dire que sur cette place cernée de boutiques toutes spécialisées en bondieuseries, il frôlait la crise cardiaque. Déjà, Victor lançait un regard sombre vers une devanture envahie de bénitiers et de crucifix. Un en particulier attisait sa vindicte. Un somptueux crucifix en ébène où un Christ au visage extatique se pâmait de douleur salvatrice.

— Regarde-moi cette horreur, comment peut-on célébrer un pareil instrument de torture où on a cloué un homme ?

Son confrère Ulrich de Fontvielle haussa les épaules. Quoiqu'ardent républicain lui aussi, il était bien plus modéré que Victor.

— D'ailleurs, je ne vois pas pourquoi ce prophète de Galilée serait le seul à avoir sa sculpture après sa mort. Tiens, je te fais mon exécuteur testamentaire : si un jour il m'arrive malheur, je veux que l'on fasse un gisant sur ma tombe, exactement dans l'état où je serai mort.

Ulrich éclata de rire. Décidément, Victor, malgré ses outrances, ne manquait pas d'humour.

— Je te le promets. En attendant (il montra l'église en face d'eux), nous avons un article à écrire.

Église Notre-Dame des Victoires

— Regarde-moi ce temple de la superstition !

D'un air dégoûté, Victor Noir montrait les murs d'une chapelle entièrement couverts d'ex-voto. Dans un langage extatique, on y remerciait le Ciel d'avoir réduit une entorse, guéri un rhumatisme, soulagé un torticolis ou liquidé un furoncle. À croire que sur son trône céleste Dieu passait son temps à jouer les rebouteux.

— Mais quelle bêtise ! Quelle imposture ! Quelle honte pour la dignité humaine !

— Et encore, tu n'as rien vu, ricana Ulrich en le poussant de l'épaule vers une autre chapelle dont les ex-voto grimpaient, en colonnes de louanges, jusqu'au plafond.

La colère de Victor fit place à la stupéfaction. Par centaines, des femmes remerciaient Dieu et surtout la Vierge du plus grand, du plus beau, du plus intense de tous les miracles : les avoir rendues mères !

— Ce n'est pas possible ! balbutia le journaliste, toutes ces femmes ne croient quand même pas que c'est l'épouse d'un charpentier, vierge de surcroît, qui les a fait tomber enceinte !

— Tu oublies que nous sommes dans une église dont la légende dit qu'elle a été construite par une reine de France – Anne d'Autriche – pour remercier le Ciel de lui avoir donné un fils – le futur

Louis XIV – après vingt-trois ans de mariage infécond avec Louis treizième du nom, dont on sait bien qu'il n'était guère gaillard au lit...

Ce petit cours d'histoire n'eut pas l'air de dérider Victor Noir.

— Tu ne vas pas me faire croire qu'aujourd'hui, en plein siècle de la raison, on croit encore à pareille absurdité !

— Rends-toi compte par toi-même.

À droite de la nef, une vaste chapelle était illuminée par une mer houleuse de cierges. On avait l'impression d'une forêt en train de brûler en offrande à la statue de la Vierge qui brillait comme une pierre précieuse. À ses pieds, prosternées, agglutinées, des femmes, mains jointes et regards implorants, suppliaient la mère du Tout-Puissant de leur donner la grâce de devenir enfin mères.

— Je n'y crois pas ! s'écria Victor, c'est de l'hystérie collective !

— Et encore, là elles se contentent de prier, mais dès que le curé a le dos tourné, ces exaltées se précipitent sur la statue de la Vierge et lui caressent frénétiquement le pied droit. D'après la légende, c'est un moyen infaillible de tomber enceinte.

Pour Victor, c'en était trop. Il avait toujours été impétueux et craignait ses propres emportements.

— Si je reste un instant de plus dans cet antre de la superstition, je vais faire un malheur, sortons !

Sur le parvis, les deux journalistes allumèrent un cigare. Comme ils tiraient leurs premières bouffées sous le soleil pâle d'hiver, une mendiante courbée par les ans monta les marches et tendit la main.

— Mes bons messieurs, la charité ! Dieu vous le rendra.

— Manquait plus que celle-là ! s'écria Victor.

Plus humain, Ulrich tira une pièce de son gousset et la tendit à la vieille, qui lui saisit le poignet.

— Pour te remercier, je vais lire les lignes de ta main.

Ulrich déclina.

— Fais-le plutôt à mon ami. Il ne craint ni Dieu ni le diable.

Victor présenta sa paume droite ouverte. D'un doigt calleux, la mendiante suivit lentement la ligne de vie. Noir eut une sensation désagréable, comme si on fouillait tout au fond de lui.

— Dépêche-toi, la vieille !

— Tu es un homme dont on parlera longtemps. Ton souvenir traversera les siècles.

Le journaliste haussa les épaules. Toujours la même rengaine que ces radoteuses servaient à la crédulité de leurs clients.

— Tu me promets la gloire, la vieille ?

— Oui, mais pas celle que tu crois.

Victor éclata de rire. Cette prophétesse était ridicule, et pourtant son regard brillait étrangement.

— Ce dont tu t'es moqué aujourd'hui, affirma-t-elle, demain tu en seras l'apôtre.

Le journaliste haussa les épaules de dédain.

— Aucune chance ! Allez, maintenant, filons. On nous attend au journal.

Comme les deux amis descendaient les marches, la devineresse fit le signe de croix. Elle venait de voir son premier mort de la journée.

Journal Le Pilori

D'habitude, la salle de rédaction bruissait comme une ruche au printemps. Accoudés à leur bureau, des journalistes rédigeaient à la hâte leur article promis depuis des jours, des commis fébriles couraient en tous sens pour apporter de la copie à l'imprimerie. Parcourant les allées, le rédacteur encourageait ses troupes, hurlant des menaces de renvoi ou chuchotant des promesses de gratification, mais cette fois il n'y avait ni cris, ni journalistes, ni rien. Stupéfaits, Ulrich et Victor se dirigèrent vers le bureau du rédacteur. À l'intérieur, toute la direction du journal était réunie, accablée et silencieuse, les visages aussi fermés qu'un cercueil.

— Parbleu ! s'écria Victor, on dirait qu'on vous a tous condamnés au peloton d'exécution.

— Nous non, répliqua le rédacteur d'une voix lugubre, mais un de nos collègues, oui ! Il vient d'avoir un grave différend d'honneur et va devoir se battre en duel.

Ulrich se figea. Les duels étaient la plaie, sans cesse rouverte, du journalisme parisien. Pas une semaine sans qu'on s'insulte, se provoque, pour finir par échanger des coups d'épée au bois de Boulogne. Et chaque mois on enterrait un confrère au Père-Lachaise.

— Il nous faut deux volontaires pour lui servir de témoins, annonça le rédacteur.

Victor avait toujours parlé plus vite qu'il ne pensait.

— S'il n'y a que ça, Ulrich et moi sommes vos hommes ! À qui faut-il porter le cartel ?

Avant de se retrouver sur le pré pour régler l'offense dans le sang, on envoyait d'abord des témoins pour discuter des conditions du duel. Au pistolet ou à l'épée, au premier sang ou à mort… Le rédacteur toussa.

— Vous allez devoir aller chez le prince Pierre Bonaparte.

— Le cousin de l'empereur ? s'étrangla Ulrich, qui maudissait Victor de l'avoir entraîné malgré lui dans cette folie.

— Lui-même, et vous connaissez sa réputation…

Cette fois, même Victor ne faisait plus le fanfaron. Dans la famille impériale, Pierre Bonaparte passait pour l'irrécupérable de service.

— Il a bien fait de la prison en France ? s'inquiéta Ulrich.

— Oui, avant d'assassiner un policier en Italie, répliqua le rédacteur. Son premier meurtre.

— Il y en a eu d'autres ?

— Oui, un passant tué en pleine rue à New York.

Ulrich osa une autre question :

— Il n'y a pas eu aussi une affaire à Corfou ?

— Oui, mais comme il a tiré dans le tas, on ignore le nombre de victimes.

Victor Noir était sidéré de sa propre bêtise. Comment avait-il pu se mettre dans un pétrin pareil ?

— Écoutez, reprit le rédacteur, voilà ce que je vous propose. Vous porterez une lettre, proposant les conditions du duel, à son domicile. Vous la remettrez au portier. Ainsi, vous n'aurez pas à lui parler. La voici. Elle est prête. L'adresse est sur l'enveloppe.

Ulrich s'en empara aussitôt. Plus vite ils porteraient ce pli de malheur, plus vite ils rentreraient vivants.

— Du moment qu'on ne croise pas ce maudit cousin de l'empereur ! ajouta Victor pour se rassurer.

— Aucun risque, proclama le rédacteur, et comme vous êtes partie prenante de cette histoire en tant que témoins, je compte sur vous deux pour me faire un beau papier. Je vois déjà le titre : « Le duel de l'année ! »

Ulrich fit la grimace. Le rédacteur avait déjà oublié qu'un cadavre allait sans doute ponctuer ce duel.

— Allez, dépêchez-vous ! Je vous veux ici dans une heure ! Prêts à m'écrire un article !

Rue d'Auteuil

En descendant de leur voiture, Victor et Ulrich furent rassurés par la tranquillité de la rue. Les hôtels particuliers aux façades cossues, les cours arborées parsemées de fleurs, les servantes silencieuses qui portaient des paniers à linge... Dans ce monde feutré de la haute bourgeoisie, rien ne semblait devoir arriver. Ulrich montra une grille que refermait un domestique.

— C'est le domicile du prince. On donne la lettre de cartel au larbin et on disparaît.

Avant même que Victor ait réagi, Ulrich tendit la missive au domestique qui portait une livrée aux armes des Napoléon.

— Voici pour votre maître. À lui remettre dans les plus brefs délais.

— Si c'est pressé, autant que vous le fassiez vous-même. Le prince est là dans sa calèche. Il s'apprête à partir.

Ulrich n'eut pas le temps de l'arrêter que le valet hurlait en direction de la voiture :

— Monseigneur, un message urgent pour vous !

Dans la calèche, une silhouette massive écrasée sous un haut chapeau leur fit signe d'avancer.

— Que me voulez-vous ?

Ulrich s'inclina avant de répondre d'une voix qui s'embrouillait déjà :

— Monsieur, nous venons vous demander vos conditions pour une *rencontre.* En effet, un de nos amis s'est estimé offensé de la teneur de vos propos et exige réparation par les armes.

— Vous venez me provoquer en duel ? s'exclama le prince.

— Pas nous, mais notre ami...

— Je m'en fous bien, de votre ami ! Vous savez qui je suis ?

— Monseigneur, chuinta Ulrich, nous ne sommes que d'humbles messagers...

— Vous m'offensez, messieurs, c'est une honte ! Vous allez m'en rendre raison ! Et lui (le prince se tourna vers Victor changé en statue de sel), pourquoi il ne dit rien ? Il est devenu muet ? Je m'en vais le réveiller, moi !

Saisissant le fouet par la lanière, il donna un coup de manche en travers du visage de Noir. Depuis sa jeunesse, Victor avait toujours été écœuré par l'injustice. Toutes les humiliations qu'il avait subies, lui, le fils d'artisan, lui revinrent à la gorge. Jusqu'ici, il avait combattu les préjugés uniquement par le pouvoir des mots, mais ça ne suffisait pas. Ça ne suffirait jamais, en fait. Seule la violence pourrait faire taire la violence. Il recula d'un pas et leva le bras. La gifle atteignit le prince à la tempe. Son chapeau vola dans les airs et le prince roula sur le sol du cabriolet. Quand il se redressa, son visage défait marquait la surprise la plus totale. On avait osé le frapper, lui qui était de sang impérial, qui portait un nom illustre ? C'était incompréhensible. Jamais personne ne s'était risqué à lever la main sur sa personne. En un instant, toutes ces certitudes vacillèrent. Tout l'ordre social était menacé s'il ne réagissait pas. Un homme de rien l'avait frappé – un sacrilège ! –, eh bien, il allait le renvoyer à son néant.

Le prince se redressa, fixa Victor, qui semblait stupéfait par son geste, saisit un pistolet sous sa redingote et tira.

Deux fois.

En pleine poitrine.

Rue Desgenettes
7e arrondissement

L'atelier du sculpteur Jules Dalou était célèbre dans tout Paris. Collectionneurs avisés, artistes débutants, tous s'y pressaient, tentant de découvrir, à travers les innombrables essais de sculptures encombrant les étagères, quelle serait la prochaine œuvre du maître. Travailleur impitoyable, Dalou multipliait les esquisses en argile, les ébauches en plâtre, avant de se décider à dévoiler une de ces sculptures monumentales qui faisaient sa réputation. S'il ouvrait sa porte à tous les visiteurs, Dalou rayonnait de plaisir quand il recevait un de ses amis politiques. Aussitôt, il ouvrait une armoire discrète et en sortait une bouteille d'absinthe. Devant son visiteur ravi, il posait une cuillère percée sur le verre, y plaçait un sucre et versait dessus la liqueur qui se transformait en un sirop puissamment alcoolisé. Ensuite, le regard concentré, il versait l'eau, mais très peu, pour que le breuvage fasse son plein effet. Un cérémonial qui enchantait tous ses amis, à commencer par Ulrich de Fontvielle, venu lui rendre visite.

— Et si vous me disiez comment s'est passé l'enterrement de ce pauvre Victor ? demanda le sculpteur.

Ulrich posa son verre.

— Un triomphe ! Une véritable apothéose ! Plus de cent mille Parisiens ont suivi le cortège funéraire de Victor. Durant tout le trajet *La Marseillaise* a été chantée à pleine poitrine. Il s'en est fallu de peu que le peuple ne franchisse la Seine pour renverser l'empereur, retranché, les moustaches tremblantes, dans son palais des Tuileries.

Dalou rougit de plaisir. Républicain convaincu, il espérait la chute du régime impérial depuis des années.

— Croyez-moi, notre ami Victor n'est pas passé de vie à trépas pour rien ! reprit Ulrich. Sa mort est l'étincelle tragique qui fera advenir le soleil glorieux de la République !

Enthousiasmé, le sculpteur vida son verre d'un coup.

— Et je vais vous dire mieux : dans cent ans, tous les écoliers de France apprendront que la République est advenue grâce au sacrifice de Victor Noir. Son nom sera immortel !

Les larmes vinrent aux yeux du sculpteur, mais il ne savait plus si c'était l'émotion ou l'absinthe bue trop vite. Brusquement, Ulrich se leva et posa la main sur son cœur. Lui aussi avait vidé son verre.

— Jules Dalou ! Le matin même de sa mort, Victor Noir m'a chargé d'exécuter ses dernières volontés. Il m'a demandé que soit posé sur sa tombe un gisant le représentant précisément au moment de sa mort.

Subitement dégrisé, Dalou se frotta les yeux. Sculpter un cadavre ? Un cadavre qui avait pris deux balles dans le corps !

— Jules Dalou, au nom de l'amitié et de la République, êtes-vous prêt à m'aider à respecter cette promesse sacrée ?

Le sculpteur se dit qu'il n'aurait jamais dû servir d'absinthe à ce maudit journaliste. Certes, l'assassinat de Victor Noir l'avait touché, mais de là à faire sa sculpture ! Mort, en plus ! On avait beau être républicain, on avait aussi son plan de carrière. Et faire un gisant d'un duelliste involontaire n'en faisait pas partie.

— Ce serait un honneur, mais ce pauvre Victor est au fond de sa tombe. Je ne vois pas vraiment comment je peux le représenter à l'instant précis de sa mort violente.

Ulrich lui posa la main sur l'épaule.

— Juste après sa mort, nous avons fait réaliser plusieurs dessins précis de son corps ainsi qu'un moulage de son visage. Tout est à votre disposition si vous le souhaitez.

Dalou comprit qu'il n'échapperait pas à son destin. Il allait devenir le sculpteur officiel de Victor Noir, qu'il le veuille ou non.

Désormais, tous deux étaient dans le même bateau.

Il n'avait plus le choix.

— Ulrich de Fontvielle ! J'accepte la mission.

Impasse du Maine
15e arrondissement

Jules regarda le calendrier. On était bien le 15 octobre. Le jour où Ulrich devait lui rendre visite. De l'eau sous les ponts était passée depuis qu'il lui avait donné commande du gisant de ce malheureux Victor Noir. Depuis, l'Empire s'était effondré, la République lui avait succédé et lui, Jules Dalou, était devenu le sculpteur officiel du nouveau régime : il croulait sous les commandes. On se pressait à la porte de son nouvel atelier dans le quartier Montparnasse. Chaque jour, on le suppliait de faire un buste, un nu. Il était devenu célèbre… et tout ça grâce à Victor Noir.

Dès que le bruit s'était répandu qu'il avait accepté de faire sa sculpture, toute la ville s'était électrisée. Les journaux en avaient parlé, les députés en avaient débattu. Politiciens, artistes, journalistes, tous attendaient de découvrir le gisant du martyr de la République ! D'ailleurs, une cérémonie officielle allait avoir lieu au Père-Lachaise. Là, devant tout

Paris, Dalou dévoilerait son chef-d'œuvre attendu par tous.

On frappa à la porte de l'atelier. Vêtu avec élégance, Ulrich entra. Depuis que l'Empire n'était plus qu'un souvenir, le journaliste, lui aussi, était devenu à la mode. On se l'arrachait dans les salons et les salles de rédaction : il était l'homme qui avait assisté à la mort de Victor Noir. Le témoin privilégié, l'ami essentiel... Il ne se rappelait même plus le nombre de fois où il avait raconté son assassinat !

— Alors, mon ami, vous avez terminé ce gisant ?

Dalou hocha la tête.

— Oui, il est dans la pièce à côté.

Curieusement, le sculpteur ne semblait pas pressé de montrer son œuvre.

— Je suis certain que votre talent a transfiguré Victor, que vous avez fait de son martyre un chef-d'œuvre, que vous avez...

— En fait, il y a un léger problème.

Ulrich redescendit brutalement sur terre. L'inauguration était dans quelques jours à peine et il avait déjà vendu son récit à trois journaux. Il balbutia :

— Quel problème ?

Jules le prit par le bras.

— Vous allez comprendre.

Allongée contre un mur, la sculpture était recouverte d'un long drap blanc. Dalou remonta le tissu et dégagea le visage. Saisi, Ulrich recula. C'était bien Victor ! Ses cheveux épars, ses lèvres entrouvertes sur la mort...

— Mon Dieu ! s'exclama le journaliste, c'est lui, c'est bien lui !

Le sculpteur dégagea encore le tissu. Tout y était ! Le gilet défait, la chemise entrouverte où la première balle avait frappé…

— Un chef-d'œuvre ! Vous avez réalisé un chef-d'œuvre ! s'écria Ulrich.

— Ne vous emballez pas ! répliqua Dalou, et, d'un geste sec, il retira la totalité du drap.

D'abord, Ulrich resta muet, puis il s'approcha pour mieux voir, comme s'il était victime d'une erreur de perspective.

— Ce n'est pas possible !

Le sculpteur secoua la tête.

— Vous m'avez demandé – je vous cite – *de le représenter précisément au moment de sa mort.* Or, comme vous le savez, dans le cas de certaines morts violentes, il y a parfois une réaction anatomique…

Ahuri, abasourdi, Ulrich se pencha encore une fois.

Il n'en croyait pas ses yeux.

Sous le pantalon du mort, une bosse éclatait, insolente, impérieuse. Une véritable provocation.

Il n'y avait aucun doute.

Victor se tapait une érection d'enfer.

Cimetière du Père-Lachaise
Inauguration du monument de Victor Noir

Les discours officiels venaient de se terminer. Un à un, les ministres, les députés, tous vêtus de noir, venaient s'incliner devant la tombe de Victor.

À la vérité, la plupart se moquaient bien de la mort du journaliste. En plus, cette mort n'avait rien de glorieux : se faire descendre comme un pigeon et pour un duel qui n'était pas le sien. En fait, ce Victor était un crétin, mais la République avait besoin de martyrs, et il était parfait pour ce rôle. À l'écart, Ulrich, lui, avait du mal à dissimuler son émotion. Il se repassait un à un les événements de cette funeste journée. Par quel fatal enchaînement en était-on arrivé là ? Et si Victor n'avait pas bêtement accepté d'être témoin ? Et s'il n'avait pas croisé le prince ? Et si ce maudit Bonaparte n'avait pas été armé ? Et s'ils n'étaient pas allés dans l'église Notre-Dame des Victoires où la superstition partout présente avait énervé Victor. Et si c'était pour ça qu'il s'était porté volontaire pour être témoin... Ulrich ne le saurait jamais. Heureusement, personne, pendant la cérémonie, n'avait semblé remarquer la protubérance qui déformait son anatomie. Ulrich, lui, n'avait vu que ça.

Comme il s'apprêtait à partir, il songea à la vieille mendiante, cette diseuse de bonne aventure qu'ils avaient croisée sur le parvis de l'église, le matin du drame. Qu'avait-elle dit déjà ? Ah oui ! Que le souvenir de Victor *traverserait les siècles.* En revanche, pourquoi avait-elle ajouté : *Ce dont tu t'es moqué aujourd'hui, demain tu en seras l'apôtre.* Ulrich haussa les épaules. La seule chose dont Victor se soit moqué, c'était de ces malheureuses qui, en caressant une statue de la Vierge, croyaient devenir mères. Une superstition imbécile. Aucun rapport avec Victor. Ulrich sourit. Décidément, cette vieille était folle !

De nos jours

Guilhem s'accroupit près de la tombe de Victor Noir. Si toute la sculpture était d'un vert de bronze, en revanche l'entrejambe du journaliste brillait comme de l'or en barre.

— On dirait qu'on vient de la lustrer ! s'écria un des touristes stupéfait.

— Vous ne croyez pas si bien dire. Depuis plus d'un siècle, on vient du monde entier pour toucher ce gisant.

— Mais pourquoi ?

— Parce que la légende veut que si une femme touche le membre en bronze de Victor Noir, elle tombera immanquablement enceinte.

Parmi les touristes sidérés, un jeune couple échangea un regard furtif.

— Mais c'est une superstition !

— Qui sait ? Tapez Victor Noir sur Google, vous verrez… Mais prenez votre temps, il y a plusieurs millions de réponses.

Fasciné, le jeune couple contemplait le corps en bronze de ce journaliste assassiné dont il n'avait jamais entendu parler. Guilhem baissa la voix.

— Je vais vous confier un secret. Si une femme veut être certaine de tomber enceinte dans l'année, ce n'est pas avec la main qu'il faut… enfin vous me comprenez… C'est pourquoi vous verrez beaucoup de femmes en jupe, par ici.

Un immense éclat de rire salua cette repartie.

— Allez, il est temps de quitter Victor Noir… et le Père-Lachaise. Direction la sortie.

Sur le parvis du cimetière, Guilhem compta les participants à sa visite. Il en manquait deux. Souvent, c'était plus. Pas la peine de les chercher, il savait où ils étaient.

Dans quelques mois, il recevrait peut-être un mail d'Angleterre. Il le rangerait avec tous les autres reçus d'Australie, du Japon ou du Brésil.

Des mails où il n'y avait jamais de message.

Mais toujours une photo.

Un enfant qui souriait à la vie.

Remerciements

Chers lecteurs,

Nous tenons à remercier les équipes d'Univers Poche et tous nos partenaires solidaires de la chaîne du livre et de sa promotion, ayant permis à cette belle opération de voir le jour :

Pour l'aide juridique et la fabrication :
Sogedif

Pour les textes :
les auteurs

Pour la couverture :
Catherine Meurisse

Pour la photocomposition :
Apex Graphic
Nord Compo

Pour l'impression et le papier :
Holmen

MM Board & Paper

Maury Imprimeur
CPI Brodard & Taupin

Pour la distribution et la diffusion :
Interforum

Pour la promotion :

Communication : Nicolas Galy, Agence NOOOK / Kosept / Gaetan Waquier / Time-Line Factory

Radio : NRJ / RFM / Wake

Presse : *Causette* / *ELLE* / *Femme Actuelle Jeux* / *Happinez* / *La Fringale Culturelle* / *Le Figaro Littéraire* / *Le Parisien* / *LE POINT* / *Les Inrocks* / *Libération* / *LiRE* / *Livres Hebdo* / *Maxi* / *parents & pep's* / *REWORLD MEDIA* / *Simple Things* / *Society* / *Télérama* / *Valeurs Actuelles* / *Voici*

Affichage : AD Liber / Clear Channel / JC Decaux / Mediagares / Metrobus

Digital : Babelio / BePolar / CULTURE G / Dailymotion / Deezer / Grand mercredi / Konbini / Livres Hebdo / Métamorphose / MK2 / My TF1 / SNCF connect / Targetspot / Webedia / 20 minutes

Ainsi que :
Agence SAM

Et tous les libraires de France !

L'équipe éditoriale des éditions Pocket

Vous découvrirez ici la liste de l'intégralité de nos partenaires solidaires.

Cet ouvrage a été composé et mis en page
par Nord Compo à Villeneuve-d'Ascq

HOLMEN ALASKA® WHITE

Imprimé en France par
CPI Brodard & Taupin
en octobre 2024
N° d'impression : 3058218

#lisez! engagé
www.lisez.com
Pour plus d'information :
Imprimé sur du papier issu de forêts gérées durablement.

Pocket – 92 avenue de France, 75013 PARIS

S34491/01